I coralli

www.einaudi.it

ISBN 978-88-06-21619-1

Maria Perosino

Le scelte che non hai fatto

Einaudi

Le scelte che non hai fatto

Prima dell'inizio

Torino, inizio anni Settanta.

Era primavera inoltrata, la scuola stava per finire. Io facevo la quinta elementare. È cosí che si contavano gli anni: quelli della prima, della terza, delle medie... Piú avanti non si andava, il passato e il futuro stavano tutti interi nel perimetro delle aule scolastiche e dei giardini pubblici: prima e seconda tra lo scivolo e l'altalena, terza senza fissa dimora, in quarantena, quarta e quinta si corre e si gioca a calcio e si scambiano figurine, le medie sul marciapiede, a fare non si sa bene che cosa. Il tempo si poteva toccare e aveva una divisa: pantaloni corti e gonne con calze al ginocchio per il passato, un giubbotto di jeans e stivali per il futuro.

Le regole di understatement che governavano la città smorzavano ogni tentativo di distinzione, personale o sociale. Se qualcuno avesse voluto prendersi la briga di capire qualcosa sulle rispettive famiglie di appartenenza, l'unico indizio su cui basarsi erano i nomi. Io stavo con Francesca, Silvia, Chiara, Anna, Paola, Enrica... Al piano di sopra c'erano Benedetta, Consolata, Ilaria, Ludovica, Clotilde, Adele. A quello di sotto, e che invidia, si prendeva spunto dal cinema e dalla televisione: Sabrina, Raffaella, Gigliola, Ombretta, Romina, Marcella.

L'anno dopo sarei diventata grande e già un po' mi sentivo di esserlo, grande, sebbene i sintomi della crescita non si fossero ancora manifestati. Infatti non avevo neppure iniziato a desiderare il motorino, e anzi me ne stavo tranquilla (e come vedrete, anche un po' fiera) in compagnia della mia Graziella bianca (credo, ma non ne sono certa, fosse il modello 16″).

Le cose funzionavano cosí. Fra la terza e la quarta tutti i bambini, indistintamente, abbandonavano le loro minuscole biciclette – su cui ormai pedalavano ingobbiti, le ginocchia al mento – e passavano di schianto a una bici di taglia superiore, quasi sempre, appunto, una Graziella. Non era ancora una bici da grandi, ma aveva ruote di medie dimensioni e bastava pedalare con un po' di energia per prendere velocità. Se eri maschio la bici era rossa, se femmina bianca (a voler essere pignoli, c'era anche una versione rosa, ma cosí stucchevole che preferisco dimenticarla): a parte il colore, erano identiche. Era in prossimità della prima media, cioè dove stavo io quel giorno, che le strade si separavano e, per quanto mi riguarda, le cose non si sarebbero messe affatto bene. Mi aspettava, a breve, la prima esperienza di discriminazione. Infatti i maschi, per il compleanno, avrebbero ricevuto una bicicletta nuova, e da cross, mentre a noi femmine veniva regalata la prima borsa, o un soprabito, o, ma bisognava essere davvero sfortunate, una trousse di prodotti Pupa per il trucco. Se proprio s'insisteva, e s'insisteva molto, si poteva negoziare il regalo di una classica bicicletta da donna a ruote larghe, che però era destinata a finire in cantina. *L'hai voluta? E adesso...* Ma come si faceva a pedalare in cerca di avventure sullo sterrato dei giardini con l'impiccio di quelle ruote cosí grandi, e che pure si bucavano sempre?

Tutto questo però doveva ancora succedere, dunque quel pomeriggio di primavera potevo guardare con fiducia al futuro, e anzi, già che c'ero, portarmi avanti e prendermene un pezzo. Cosa che in effetti mi ero sforzata di fare, un po' per ingannare l'attesa e un po' per tirarmela: il risultato era lí davanti ai miei occhi, un sellino da cross montato sulla mia Graziella (bianca).

Che una bicicletta da cross servisse, piú che a fare cross tra altalene e scivoli, a fare colpo (sulle ragazze) mi era del tutto oscuro. Del resto, per che via avrei potuto sapere come stavano effettivamente le cose? Questa non era che la prima di una lunga serie d'informazioni tacite che circolano solo «tra maschi», di cui noi non saremmo mai state messe al corrente. Un po' come, di lí a qualche anno, le tecniche per *non* imparare come funziona la lavastoviglie, o le ragioni per cui una macchina molto piú cara di un'altra in realtà *conviene*.

Detto questo, se anche avessi saputo qual era la vera funzione di quel sellino lungo e dotato di schienale, non penso che me ne sarebbe importato granché. Per il semplice fatto che tutto quel parapiglia di cromosomi, vezzi e sbruffonaggini mi lasciava piuttosto perplessa. Avevo, come si direbbe adesso, una storia con G., con cui a turno ci offrivamo un ghiacciolo alla menta e che come prova d'amore mi aveva regalato una pistola ad aria compressa – si chiamava Oklaoma – che sparava davvero (proiettili di gomma) e con cui si poteva tirare agli uccelli (nel senso dei passerotti).

(Ripensandoci, credo proprio di aver trattato il povero G. come nulla piú che un uomo-oggetto. È stata l'unica volta. Però è anche vero che piú nessuno mi ha regalato una pistola).

Non lo sapevo ancora ma a breve distanza da lí, diciamo a non piú di un paio d'isolati, sarebbe iniziata la mia storia. E io avrei dovuto cominciare a fare delle scelte. Ad esempio su quale bicicletta pedalare.

Ma quel pomeriggio me ne stavo beata e ignara a cavalcioni della mia bicicletta ermafrodita, sparando agli uccelli e succhiando un ghiacciolo alla menta; me ne stavo lí tranquilla a trafficare con la mia identità androgina come fosse una scatola di Lego, con la spavalderia che può avere solo chi crede di non avercela già un'identità, assegnata d'ufficio, e da quello anagrafico per la precisione.

Perché il gioco era già iniziato anni prima, e senza che

nessuno avesse chiesto il mio parere. Qualcuno aveva stabilito il sesso (si era sbagliato? aveva tirato a sorte?), dove farmi nascere (a nord del mondo e nella parte giusta dell'Occidente: se c'era stata una lotteria, una mano aveva estratto anche il mio biglietto) e quando (negli anni del boom demografico: l'ultima generazione che si è sbucciata le ginocchia giocando e la prima che considera normale fare le condoglianze per sms).

È tra le righe di quel documento anagrafico che si sarebbe formato il mio mondo. Avrei parlato, letto e sognato in italiano, ascoltato Canzonissima e il festival di Sanremo prima di rinnegare tutto a favore di Guccini e Bob Dylan, mi sarei trovata a dover scegliere tra un eskimo e un paio di Ray-Ban, sarei entrata in una cabina telefonica per parlare senza essere ascoltata e avrei imparato a scrivere su una macchina da scrivere Olivetti. Questo, insieme a un'infinità di altri dettagli, era il mio patrimonio genetico. Altre cose si sarebbero aggiunte, altre le avrei aggiunte o scartate io... Altre? Che ne è stato ad esempio di quel pezzo di me un po' maschiaccio che smontavo e rimontavo a piacere come il sellino della bicicletta, dov'è andato a finire?

Credo che sia un 49%, quello. La scelta che mettiamo da parte per un soffio, una delle nostre identità *sans-papiers* che ci portiamo dietro, anche quando cerchiamo di relegarle in soffitta. E che a volte capita di rincontrare.

Perché si diventa anche quello che si sceglie di diventare. Essere donna compreso.

Ma questa è una lunga storia. La mia è durata diciassette anni: tanti ce ne ho messi da quando mi sono accorta di essere una donna a quando ho deciso di esserlo. Ma anche quando ho imparato a camminare sui tacchi, lui, il maschio clandestino, ha continuato ad andare e venire nella mia vita. Mi fa compagnia quando mi capita di far tardi la sera e rientrare da sola, non ha lasciato che perdessi tempo con chi voleva limitare la mia libertà personale, mi ha dato il cinque quando dovevo affrontare un colloquio di lavoro o incontrare il direttore della banca, spiegato (ma purtroppo non insegnato) i meccanismi per cui nei labirinti delle carriere gli uomini non sbattono contro un vetro. In altre situazioni si è dimostrato molto meno collaborativo, e piú di una volta mi ha fatto i dispetti: per tutta l'adolescenza, ad esempio, odiava veder cambiare il mio corpo, e l'ha fatto odiare anche a me, non mi ha mai lasciato piangere in pubblico, imparare a sedurre la riteneva una perdita di tempo...

Insomma, lui ha perso la battaglia, ma l'ha persa quasi per caso e con onore, perché se è vero che io oggi sono diventata una donna, è altrettanto vero che lo sono diventata per merito o colpa di un risicato 51%. E lui, l'altro me, con il suo 49%, ha smesso di crescere, ma non di abitare con me.

1989, Cina, Grande Muraglia.

Non era una ragazzina, Marina Abramović, quando, siamo nel 1976, lascia la Serbia e si trasferisce ad Amsterdam. Non era una ragazzina e neanche un'artista alle prime armi: in tasca, un curriculum già di rispetto – mostre, insegnamenti, i primi riconoscimenti internazionali –, in testa, la voglia di percorrere fino in fondo l'idea di arte che si era fatta, ovvero trasformare se stessa, e soprattutto le sue emozioni, in opere. Insomma, di mostrarsi, senza barare. In gergo, questo modo di fare arte si chiama performance, nei fatti significa mettersi a nudo, se necessario anche letteralmente, esporre i propri sentimenti come fossero quadri o sculture. Usare il corpo invece del pennello per mettere in scena quello che si vuole raccontare, e non importa se questo provoca dolore.

Marina è da poco in Olanda quando conosce un altro artista: è tedesco, e il mondo (almeno il mondo dell'arte) lo conosce come Ulay, lo pseudonimo che si era scelto. Tra i due nasce una relazione e una collaborazione. Tenuto conto dell'idea di arte che hanno in mente, non è chiaro stabilire dove finisca l'una e inizi l'altra, ma forse non è nemmeno importante saperlo. Quello che è certo è che la loro è una grande storia, da qualsiasi punto di vista la si guardi: quello dell'arte e quello della vita.

Negli anni che seguono, oltre che bravi, i due diventano sempre piú conosciuti. Il che, ma questo lo posso solo immaginare, rende ancora piú forte il legame tra loro, quasi una simbiosi: un due che diventa uno nel corso di viaggi, lavori, mostre. Sempre usando se stessi e sempre senza risparmiarsi. Anche il loro amore lo espongono come un'opera d'arte.

Poi, e questa è cronaca, la relazione finisce. Siamo arrivati al 1988. Non sappiamo (almeno: io non so) perché sia andata cosí: stanchezza, distrazione, divergenze, altri o altre? Chissà. Sappiamo però come hanno scelto di dirsi addio: anche questa è cronaca, anzi, opera.

La loro storia era vissuta nell'arte, era lí che doveva finire. Forse cercavano un luogo abbastanza lungo da poter contenere tutti i giorni che avevano passato insieme, o forse volevano semplicemente andare lontano, o magari glielo ha suggerito un amico: quello che importa è che alla fine hanno scelto la Grande Muraglia cinese. L'unica costruzione umana che si possa vedere dallo spazio, pare avessero sentito dire.

Sono partiti dai lati opposti: lei da quello orientale, lui da quello occidentale (forse hanno tirato a sorte, questa è un'altra cosa che non so). Da lí hanno camminato l'uno verso l'altra, fino a incontrarsi per lasciarsi di nuovo. Duemilacinquecento chilometri a testa, cinquemila chilometri in totale, è questa la misura dell'addio piú lungo della storia. E la verità è che glieli dovevano tutti, quei passi, ma proprio tutti: li dovevano a quelli che erano stati. Se volevano dire al mondo quanto lungo è un addio, beh, ci sono riusciti.

Non ci posso fare niente. Ogni volta che penso a questa storia (o, per essere piú precisi, all'opera che contiene questa storia), mi commuovo. E mi dico che nessuno è mai riuscito a dire in modo piú efficace una cosa che tutti sanno ma nessuno racconta, ossia che se è vero che ci vuole tempo per costruire una relazione, ce ne vuole anche, e tanto, per lasciarla andare.

New York, Moma, 2010.

Ormai sono passati piú di vent'anni, ognuno dei due ha percorso la sua strada. Marina, in particolare, è diventata famosa, molto famosa. Tanto che il 14 marzo 2010, nel piú importante museo d'arte contemporanea al mondo, il Moma di New York, s'inaugura una sua mostra. *The Artist is Present*, avverte il titolo. E in effetti lei c'è per davvero. Vestita di rosso, sta seduta al centro di una sala: di fronte, solo un piccolo tavolo e una sedia uguale alla sua, che viene via via occupata da qualcuno. E con ognuno di questi tanti qualcuno, che a sua discrezione può stare lí un minuto, un'ora o un giorno, lei intreccia una relazione. Di sguardi. È questo tutto quello che fa: guarda e si lascia guardare. Qualcuno ride, qualcuno piange, qualcuno s'imbarazza. Lei non si sottrae mai, non importa se quei sentimenti la feriscono o l'accarezzano, lei lascia che prendano posto nel breve spazio che la separa da chi le sta di fronte. Intorno altri occhi, quelli del pubblico, che guardano i due che si guardano. Con il passare delle ore prima e poi dei giorni (la scena si ripete per 78 giorni, e guardate che non è cosa da poco), lei, l'artista, o Marina Abramović o chiunque sia la donna al centro della sala, si trasforma. Il vestito rosso e il corpo che ci sta sotto diventano un archivio di emozioni, di energia, forse di altro, tutto salvo quello per cui sono stati fatti, ovvero essere un corpo e coprire un corpo.

Questo è quello che succede in quella stanza.

Nel frattempo, all'ingresso del museo si è creato un po' di parapiglia. L'attenzione dei fotografi e dei giornalisti è catturata dall'arrivo di un visitatore. È un bell'uomo; non è giovane, ma è di quelli che sanno indossare gli anni con affetto, una giacca comoda e di buon taglio. In pochi sanno come si chiama, ma tutti sanno chi è: Ulay. Per entrare è costretto a farsi strada attraverso due corpi nudi, un uomo e una donna appoggiati agli stipiti di una porta. Stanno lí immobili come cariatidi, il passaggio è stretto, solo chi è davvero magro riesce a entrare sfiorandoli appena. Tutti gli altri procedono spintonando, scostando i corpi come fossero tende. Con qualche imbarazzo in piú. Del resto, non è questo il fine dell'opera, essere presagio del disagio? Forse, ma per Ulay è anche qualcosa di piú. Perché a lui tocca anche passare dentro un'altra storia: la sua, la loro, perché cosí si erano presentati – nudi, uno di fronte all'altra – alla Galleria d'Arte Moderna di Bologna nel 1977. Ma è davvero finito quell'anno, oppure anche lui, come l'artista, *is present*? Se la cava bene, Ulay, cammina a testa alta, un uomo elegante in visita alla sua storia, gli occhi che sfogliano le pareti come fossero un album di fotografie. Un artista maturo che cammina tra le sue opere giovanili. Solo che lui non ha dipinto quadri, ha esposto se stesso, ha esposto la sua relazione, ha esposto corpi. Percorre i metri delle sale e intanto percorre gli anni. Viaggia contromano. E alla fine si siede: ha di fronte l'artista, o Marina, o entrambe. È entrato di spalle, l'ha sorpresa? Questo non lo sappiamo. Sappiamo che si sono guardati. Sappiamo che sui loro volti sono scese delle lacrime (e qualcuna è scesa anche sui nostri) e sappiamo che alla fine si sono stretti le mani. E io quella scena l'ho vista e rivista, e ogni volta vedevo la stessa cosa: un abbraccio che si allunga da Amsterdam alla Cina, per dire a tutto quello che ci sta in mezzo: ti voglio bene.

Nella vita mi è capitato, come credo sia capitato a molte, di lasciare e di essere lasciata. In alcuni casi so perché è successo, lo sapevo allora o me ne sono resa conto dopo: dalla piú scontata entrata in scena di un altro o di un'altra a piú sottili ragioni d'incompatibilità. Oppure equivoci, bugie, conflitti.

In molti casi non saprei spiegare perché, e non per scherzi di memoria, certe cose è davvero difficile che una se le dimentichi. Il fatto è che già all'epoca dei fatti, anche quando non si dicevano bugie, non si diceva mai il vero davvero. Perché si voleva ferire (l'altro), perché si voleva proteggere (l'altro), perché si voleva ferire (se stessi) o proteggere (se stessi). Poi ogni tanto (a dire la verità non tanto ogni tanto), c'era un terzo, l'altro o l'altra, che rubava la scena. E poi c'era l'inconscio che si metteva di mezzo, facendoci pensare cose che non avevano nulla a che fare con la realtà. Una volta mi è persino successo che, con un uomo che sia pure a singhiozzo avevo frequentato per alcuni mesi, ci siamo dimenticati reciprocamente di dircelo, che ci eravamo lasciati.

Insomma, non sarei una buona testimone, se mai qualcuno volesse indagare in proposito.

Ma di una cosa sono certa, e non avrei problemi a farla mettere agli atti. La sofferenza, grande o piccola, dipendeva dalle situazioni, ma grande o piccola che fosse, la sofferenza, quella, non cambiava, che fossi io o meno a scrivere la parola fine.

A Parigi esiste un luogo in cui è possibile riporre gli amori finiti. È una piccola cosa, per questo la scrivo cosí, ma mi spiaceva lasciarla fuori. Si trova nel Marais, nella parte non turistica del Marais, e funziona come una sorta di deposito. Funziona cosí: quando una storia finisce, le persone vanno lí e portano gli oggetti che appartengono a quell'amore. Quelle cose che non sono di nessuno dei due e sono di tutti e due: che so, il set da giardinaggio comprato per impulso un giorno all'Ikea, l'attrezzo per fare la raclette ricevuto in omaggio alla fine di una vacanza in montagna, forse anche i famosi calzini sporchi per cui si è tanto litigato... È probabile che in quel momento, mentre traslocano quegli oggetti, le persone che vanno lí siano piuttosto tristi, anche se non hanno mai cucinato la raclette né coltivato una pianta. Però non le vogliono buttare via quelle cose, come non vogliono buttare via gli anni passati insieme a quella persona. E allora le portano lí, cosí di tanto in tanto possono andarle a trovare, perché quelle cose sanno molte cose, e sanno soprattutto la loro storia. E anche quando la tristezza finisce, un po' di bene continuano a volergliene e poi chissà che un giorno, magari, non gli venga voglia di cucinarla davvero, la raclette...[1].

Milano 2013.

Le cose che si lasciano indietro, case, fidanzati, lavori, figli, non scompaiono come avviene nei film o nei romanzi. Lí il protagonista sceglie di cambiare vita, si sposa o divorzia, emigra, decide di rinunciare alla carriera, ai soldi, a un'eredità, o al contrario diventa un ladro, un assassino. Ma comunque vadano le cose, quello che si è lasciato alle spalle resta, appunto, alle spalle. Assai poco importa a chi legge o guarda cosa se ne è fatto di quel passato, contano il presente e il futuro. Al massimo gli concediamo, o lui si concede, dei momenti di nostalgia, nostalgia per qualcosa che *non è piú*.

Non avviene cosí nella vita reale. Qui quelle cose cui abbiamo scelto di non dare corso continuano a vivere accanto a noi. Camminano su strade parallele alla nostra, appena qualche metro piú indietro. Su altre gambe.

Questo credo per causa di quello che tra me e me da anni chiamo il fattore 49%.

Non sto parlando di cambiamenti, né tantomeno di evoluzione, cioè di quanto appartiene cosí intimamente al nostro modo di essere, d'intendere la vita, forse al contesto in cui siamo cresciuti, da risultare nient'altro che un natu-

[1] Questa storia, questa del museo degli amori finiti, l'ho letta in un bel libro, scritto da Laura Lamanda, che s'intitola *Aeroracconto dell'amore fatale* (Fandango, Roma 2012). Non mi sono presa la briga di verificare se il deposito esiste davvero (credo comunque di sí), o se sia frutto dell'invenzione dell'autrice (forse un po' anche questo): adesso, quel luogo per me esiste.

rale sviluppo delle cose. Qualcuno riconosce subito quello che deve o vuole fare. Altri procedono per tentativi, magari s'invischiano nel seguire false piste, si confondono, sbagliano strada. Ma quando poi la trovano, se la trovano, sanno che è quella la cosa che gli appartiene, e tutto il resto smette di essere importante. Capita ad esempio che uno sprechi un anno o due di università prima di capire che, per dire, quello che vuole fare veramente è l'orafo, o l'istruttore di nuoto. Capita che uno si sposi e magari faccia anche dei figli prima di capire di essere attratto da persone del suo stesso sesso. Capita di vivere anche piú di un amore infelice prima di renderci conto che non sono le cose a essere andate storte, e non è nemmeno colpa della biondina della porta accanto se lui ci tradisce: semplicemente, non è l'uomo per noi.

Oppure sono le circostanze che ci obbligano a cambiamenti forzati: la perdita di un lavoro, un lutto, l'essere nati in paesi da cui si è costretti a partire, ma anche un improvviso colpo di fortuna.

Tutte queste cose, che sono importanti, non hanno a che vedere con la scelta, ma piuttosto con il riconoscimento: di sé e di quello che ci sta intorno.

In altre ancora è il caso a metterci lo zampino: chi non ricorda Gwyneth Paltrow in *Sliding doors*? A volte basta perdere un treno, storcersi una caviglia, salire su un vagone piuttosto che un altro della metropolitana...

Ma la scelta non ha nulla a che fare con questo. È invece molto piú subdola e molto piú arbitraria. La scelta secondo me è quella che si fa tra due amori, uno felice e uno (forse) un po' piú felice, tra un lavoro e un altro, tra una città e un'altra, tra una casa piú piccola e in centro e una piú grande in periferia.

Ecco, in tutti questi casi, le due opzioni non sono mai vestite una di bianco e una di nero, sono due *nuances* di grigio.

E si finisce per scegliere quella che convince di piú non noi stessi per intero, ma, appunto, il 51% di noi.

Per questo quel quarantanove rimasto in panchina non scompare, rimane lí. Però smette di crescere, per il semplice fatto che noi smettiamo di alimentarlo. Come una persona che muore, o una città che abbiamo visitato e in cui non siamo piú tornate da anni. Vive una sorta di eterna giovinezza, ed è in queste sembianze che lo rincontriamo. Basta un niente che ce lo ritroviamo davanti. Spesso, ha la faccia della nostalgia. A me capita, ad esempio, con i nomi delle strade. Ho cambiato città da quasi dieci anni, e mi manca quella speciale (e dolcissima) malinconia che ci prende passando davanti a un posto dove abbiamo baciato qualcuno, al ristorante dove abbiamo festeggiato la laurea, alla scuola elementare, ai giardini pubblici: insomma, a tutti i dove che hanno ritmato il nostro diventare adulti.

Io sono cresciuta accanto a una via Caboto: anzi, a *quella* via Caboto (Sebastiano, navigatore). La percorrevo per andare a scuola, l'attraversavo per andare all'oratorio, c'era la mia pasticceria preferita. Avanti e indietro, un'infinità di volte, da quando portavo scarpe misura 27 all'attuale 39. Piú che una strada, l'ombelico del mio mondo. Adesso, per andare al supermercato, e ci vado almeno un paio di volte alla settimana, mi tocca attraversare via Caboto, un'altra via Caboto ovviamente, visto che sta a Milano e non a Torino. E non c'è verso, ogni volta mi sento tradita. E quasi ogni volta mi viene da pensare come sarebbe stato se non avessi cambiato città...

Ecco, è questo che intendo quando parlo di scelta: un piccolo slittamento che ha modificato la mia storia.

Nella mia vita ci sono cinque case, due convivenze oltre a un numero imprecisato di storie, quattro lavori, due città, due figli non nati.

Cosa ne è stato dei numeri che stanno prima dell'ultimo? È questo che mi è venuta voglia di andare a cercare.

Guardando un po' dentro di me e un po' le facce delle

persone che invece si sono comportate in modo diverso. Perché NON hanno fatto le scelte che ho fatto io. Non persone radicalmente diverse da me, al contrario: persone simili a me, che hanno fatto scelte diverse.

Come gli assassini tornano sui luoghi del delitto, anche noi finiamo per tornare nei luoghi, reali o metaforici, che non abbiamo smesso di abitare. Ho un'amica che percorre un bel po' di chilometri per comprare la carta velina e i coltelli da cucina nella sua città natale. Un'altra, che definire parsimoniosa sarebbe un eufemismo, che è capace di accendere un mutuo per farsi spedire – via DHL – limoni e arance da un particolare paesino della Sicilia. Un'altra che la domenica va fino a Pavia per comprare le meringhe (le meringhe, non una specialità da presidio Slow Food). Nessuna di loro, ne sono abbastanza certa, vorrebbe tornare a vivere nella città in cui è nata. Non sono loro che affollano le rubriche di posta del cuore con gli esiti disastrosi di piú o meno fortuiti rincontri con primi amori, né utilizzano Facebook per ritrovare i compagni d'asilo. Quello che fanno, credo, è semplicemente andare a trovare il loro passato, cosí, giusto per vedere come sta, e magari chiedergli qualche consiglio, considerato che lui le conosce bene.

Ecco, io sono andata a far visita a queste persone, anzi, quando possibile le ho invitate a cena, e alla fine incontrandole ho scoperto qualcosa.

Olivia

Poche settimane fa, una domenica sera, ero in un ristorante. Ero sola, ma a dispetto dell'accoppiata domenica piú solitudine non ero affatto di cattivo umore. Questo per dire che avrei potuto beatamente starmene per i fatti miei, e se non l'ho fatto è stato soprattutto a causa della distanza davvero ridotta che in quel locale separa un tavolo dall'altro.

Mentre stavo ancora decidendo cosa ordinare si è seduta al mio fianco una signora, una signora che anche volendo non si poteva non notare (e figuriamoci se uno vuole...) Credo fosse un'habituée, perché si è rivolta al cameriere dicendogli che stava aspettando (Mattia? Moreno? Marco? È strano, l'unica cosa che ricordo è che il nome iniziava per M). Ho registrato la notizia, quella relativa al fatto che stesse aspettando qualcuno, con un certo piacere, perché questo mi dava l'agio di osservarla con cura.

È una bella donna, sulla quarantina, occhi azzurri, capelli di quel biondo che solo l'effetto congiunto della genetica e di un buon parrucchiere può produrre; è vestita di chiaro, uno studiato mix di pantaloni, maglia, cardigan, stivali, sciarpa in cui si declinano svariate tonalità di bianco, di beige e di panna. C'è forse nell'insieme qualcosa di appena appena troppo appariscente, tipico di chi è stata molto bella e teme, con l'età, di perdere non un potere, non un fascino, ma un aspetto di cui fidarsi, cosí come ci si fida di un buon amico. Ma la disinvoltura con cui parla, il modo in cui apre il giornale, una telefonata veloce con un'amica che deve incontrare domani per un lavoro me la fanno sembrare oltre che bella simpatica.

M. arriva con un quarto d'ora di ritardo che scoprirò a breve essere di default. È alto, dinoccolato, scarpe sportive e jeans. Ha circa sedici anni e qualche brufolo. Nel complesso, proprio un bel ragazzo. Facile che abbia preso da lei.

– Hai lasciato la tua camera tutta in disordine, – lo saluta.

– Quando? Venerdí era in ordine, – senza spostare lo sguardo dal menú.

– Venerdí eri da papà, come fai a dire che era in ordine?

– Ma venerdí non viene la donna?

– Appunto. E l'ha trovata in disordine.

– Già, forse era mercoledí.

– Già, forse, o forse martedí.

– Cosa prendi? Dopo devo ripassare da papà perché ho lasciato lí lo zaino con i libri.

– Non potevi portarlo?

– Sono andato a giocare a calcio. Mica me li portavo dietro.

– Ci sono i carciofi fritti. Li ordino, ne mangi un po'?

– No.

– Che noioso…

Sono rilassati. Nessuno dei due alza il tono, nessuno si arrabbia davvero, si scambiano le battute come probabilmente fanno tutti i giorni.

Alla fine ordinano (lei li prende i carciofi fritti, e li finisce pure).

Mentre mangiano, gli parla di un balletto. Mi piace la normalità con cui sanno stare insieme e passare da un discorso all'altro.

– Ma perché? Ne abbiamo già parlato…

– Sí, ma ora io l'ho visto.

E attacca: musica, scenografia, costumi. Si capisce che ne capisce.

(Vedendola, avevo pensato che facesse l'arredatrice d'interni, probabilmente perché mi pareva un mestiere che le si abbinava bene. Ora mi chiedo se invece non lavora in ambito teatrale, magari come ufficio stampa o nella produzione degli spettacoli. In fondo, anche questo sarebbe un mestiere che le dona).

– Ti ho detto che non mi è piaciuto. Dunque per me non è bello.

– Non è cosí che funziona. Se non ti è piaciuto non vuol dire che non è bello.

– E perché?

E il bello è che lei glielo spiega perché, e glielo spiega bene. Avessi osato prendere appunti, non arrivo mai a tanto, ora ve lo saprei dire anch'io, perché quel balletto era proprio bello.

Poi parlano della partita di calcio, poi di lei che vuole andare un weekend in montagna, poi di quanti compiti lui deve ancora fare («Non potevi farli ieri?» «Ieri non avevo voglia, era sabato». «Se è per questo, oggi è domenica»), poi di quello che stanno mangiando, poi pagano (lei paga), poi escono.

E io in quel momento ho pensato che deve proprio essere bello avere un figlio.

In un certo senso, è stata la prima volta.

Cioè, la questione l'avevo già affrontata, certo. Ricordo in particolare un'estate, avevo poco meno di trent'anni. Il discorso era iniziato per caso, su una spiaggia della Liguria, mentre ero in compagnia del mio fidanzato nonché convivente di allora (non mi è mai piaciuta la parola «compagno»: ma poiché al momento non ho a portata di mano un fidanzato né un convivente né, se è per questo, qualcosa che ci assomigli, non perdo il sonno a pensare come chiamarlo).

Qualche amica aveva sentito il primo ticchettare dell'orologio biologico, l'età era quella giusta, ma era un ticchettio ancora molto rilassato, avevamo altro cui pensare. Insomma capitava che se ne parlasse, ma erano chiacchiere da salotto e in quanto tali da prendere per quello che erano: un gioco di società.

Ad ogni buon conto, quel giorno d'estate, ritrovandoci a guardare un gruppetto di bambini che giocavano sulla spiaggia, io e il mio (compagno) ci siamo ritrovati a osservarli divertiti e anche un po' inteneriti.

Uno in particolare – avrà avuto circa tre anni e portava un cappellino – aveva catturato la nostra attenzione, dicevamo che sembrava un fungo, la definizione ci pareva azzeccata e ne andavamo fieri. Incantati, lo guardavamo come se per la prima volta vedessimo un bambino giocare. Era il piú piccolo del gruppo, giocava e poi si fermava, se ne stava in disparte accovacciato sui talloni, concentrato a guardare il mondo che gli correva intorno.

Da quel giorno, per un po', ogni volta che arrivavamo su una spiaggia cercavamo il nostro «fungo» (al mare d'estate, vi assicuro, se ne trova sempre almeno uno). E poiché, si sa, da cosa nasce cosa, a un certo punto uno di noi deve aver detto sarebbe bello avere un bambino, anzi, sarebbe *divertente* avere un bambino: non so chi l'abbia detto ma so che l'altro (o l'altra) non l'ha contraddetto. Anzi, abbiamo palleggiato a lungo con quella frase, divertendoci (a nostra volta) a farla sembrare vera. Ci abbiamo proprio preso gusto.

Dire «avere» e non «fare» era piú appropriato di quanto ci potessimo rendere conto, tanto è vero che di lí a poco, per mia sollecitazione, questo sí che lo ricordo, l'idea di avere un figlio si era trasformata in un progetto di adozione.

Avevo dato questa svolta alle nostre fantasie genitoriali in base a motivazioni molto ideologiche e molto razionali: la sovrappopolazione, i rischi ambientali del pianeta, dati statistici sulla mortalità infantile nei paesi del Terzo mondo (il quarto, di mondo, non era ancora stato inventato), il fatto che ci fossero fin troppi bambini senza famiglia, soprattutto: meglio prendersi cura di loro piuttosto che metterne al mondo uno nuovo (dicevo proprio cosí: nuovo...)

Per qualche ragione, il gioco del *facciamo i genitori* (adottivi) è andato avanti per un pezzo. Il discorso procedeva in un miscuglio di serietà e frivolezza: ne parlavamo con passione, è vero, ma anche in modo non troppo diverso da come parlavamo, ad esempio, di dove andare in vacanza, Francia o Spagna, albergo o campeggio, spiaggia o città d'arte. Da una parte ci addentravamo in sempre maggiori dettagli, pro e contro, spese, casa, tipo di scuola, nome e cosí via, dall'altra restavamo attaccati alla cartolina che ci recapitava l'immagine di un funghetto sulla spiaggia. Talvolta aveva gli occhi a mandorla, altre cambiava il colore della pelle, eravamo abbastanza d'accordo sul fatto che dovesse essere una femmina, quello che restava invariato erano i tre anni e il mare. Cosa farsene dopo, quando fosse cresciuta (essendo adottata la fase neonatale era saltata a priori) e dove metterla d'inverno, non era argomento all'ordine del giorno. Non importa, ma importa che per mesi non abbiamo smesso di parlarne.

Non penso fossimo del tutto svampiti. Il fatto è che, in fondo in fondo, nessuno di noi due ci credeva veramente, ma *non sapevamo di non crederci*. Piú che valutare seriamente se diventare o meno genitori, ci appassionava l'esplorazione di un'altra vita possibile. E proprio il fatto che quest'altra vita fosse davvero possibile – non stavamo progettando di diventare ricchi: se avessimo voluto avremmo potuto effettivamente adottare un bambino – rendeva il tutto ancora piú avvincente.

Forse non è un caso che piú o meno in quello stesso periodo, e con altrettanta dovizia di dettagli, avessimo pensato di lasciare i nostri lavori, vite, casa ecc. ecc. per aprire un bar sulla spiaggia in Corsica. Avremmo lavorato da maggio a settembre, cucinando omelettes e servendo vino rosé, per il resto dell'anno potevamo viaggiare, magari scrivere qualche guida di viaggio per arrotondare (*La Parigi di Maigret* sarebbe stato il primo titolo), eventualmente riprendere a lavorare un po' per la stagione turistica invernale (in Corsica c'è anche una stazione sciistica, l'avevamo pure ispezionata con scrupolo), non avremmo avuto bisogno di una casa grande, gli affitti nei luoghi di mare non costano molto se il contratto è annuale... Obbedivamo a un codice non scritto che vietava di lasciar trapelare dubbi: piú il discorso si approfondiva, piú diventavamo precisi nella messa a punto dei particolari, e cosí andava a finire che, almeno un po', quelle seconde vite che immaginavamo le vivevamo davvero.

A modo suo, la bambina faceva parte di questa stessa investigazione.

Nel frattempo, mentre noi mettevamo su famiglia, scrivevamo guide su Parigi e ci preparavamo per traslocare in Corsica, a Roma Olivia stava facendo i bagagli.

Ho conosciuto Olivia per caso, qualche mese fa. Mi capitava d'incrociarla spesso in un posto che frequento abitualmente, una libreria con annesso caffè. Insomma, ci siamo conosciute al bar. E da bar sono state le nostre prime chiacchiere: cosa fai, com'è andata oggi, al piú, in omaggio al contesto, la battuta su un libro o un articolo di giornale. Gli habitués di un locale, libreria caffè o bar sport non cambiano, sono perlopiú destinati a restare l'uno per l'altro dei tipi codificati. La Giornalista, il Graffitaro, l'Esperto di web, il Sardo, l'Irlandese, lo Studente, l'Elfo, la Donna con il cane...

Olivia era (ed è) la Fotografa, ed è per questo che alla fine ci siamo conosciute meglio. A un certo punto ci siamo ritrovate fuori dal bar per un lavoro da fare insieme, che è stata l'occasione per vederci in altri orari e altre divise, condividere un po' di tempo e parlare un po' di piú. Appena un po' di piú, a dire il vero, ma abbastanza perché i pezzettini della storia che mi ha raccontato (la sua), e che lí per lí non avevo fatto altro che ascoltare, a un certo punto mi siano tornati in mente.

In sintesi, erano questi:

1. C'è un figlio adolescente il cui padre sta a Roma.

2. Ci sono, all'origine del figlio, due giovani adulti che decidono di fare per davvero quello che quasi tutti i gio-

vani adulti almeno una volta pensano di fare: vale a dire mollare tutto (che significa mollare la città) e inseguire il sogno di una vita «piú semplice e piú vera» in qualche paradiso perduto, che in questo caso si traduce in un piccolo paese della Toscana. Un «borgo», immagino dicessero e si dicessero. Quello che vogliono fare è meno scontato dell'apertura di un agriturismo (e meno stralunato di un baretto in Corsica). E non è nemmeno un laboratorio artigianale. Loro sono piú concreti, aprono una panetteria (o forse era una latteria, non ricordo con precisione).

3. A un certo punto il lavoro, cioè la panetteria, o la latteria, inizia a non funzionare e la vita di coppia pure.

4. Segue un periodo oscuro e credo anche una relazione oscura in una piccola città di provincia.

5. Trasferimento a Milano e tentativo di riprendere in mano un mestiere che amava e sapeva fare piú che bene, quello della fotografa appunto.

6. Difficoltà economiche.

7. Inquietudini adolescenziali del figlio.

7 bis. Problemi scolastici del figlio.

8. Nuova relazione, che questa volta funziona (anche lui l'ho conosciuto, al bar).

Queste le cose che mi ha raccontato mentre eravamo sedute in una pizzeria gestita da un cuoco egiziano che ogni volta riesce a sorprendermi: per pochi euro, imbandisce una tavola sontuosa, la versione islamica della moltiplicazione dei pani e dei pesci.

Oltre a quanto ho saputo da lei, c'erano alcune cose che mi avevano colpito, anche se non sapevo ancora perché, mi avessero colpito. Ad esempio: Olivia ha uno stile molto particolare nel vestirsi. Ha sempre qualcosa di molto, ma molto, femminile: anche se deve lavorare, e dunque i jeans sono d'obbligo (quello del fotografo, me ne sono resa conto vedendola all'opera, è un lavoro molto fisico: ci si alza, ci si abbassa, si spostano fondali, si montano cavalletti...

prova provata che la creatività si paga *in primis* con il sudore), ecco, anche in questo caso, dicevo, ci sarà comunque almeno una maglietta con il pizzo, una giacchetta o un ricamo. Sono cose che le calzano a pennello – tra l'altro Olivia, avrei dovuto dirlo subito, è una bellissima donna: alta, ben proporzionata, occhi azzurri e capelli biondi… – eppure lei le indossa con una sorta di ritrosia, quasi con imbarazzo. Come se il suo corpo fosse sempre sul punto di arrossire. Il che rende ancora piú stupefacente un'altra caratteristica del suo abbigliamento. C'è sempre un particolare incongruo (intendo proprio incongruo, che non significa male abbinato), di norma un cappello, ma può anche essere un paio di scarpe strane, che le dà un'aria impertinente. Certe volte mi viene quasi il sospetto che i suoi vestiti, fra loro, si parlino, prendendosi in giro.

Per farla breve, ero arrivata alla conclusione che Olivia fosse una persona interessante, e anche una bella persona, in tutti i sensi (è la seconda donna bionda e bella di questo capitolo, lo so, ma non posso farci niente).

In piú, ero incuriosita.

Ha pochi anni meno di me, amici che potrebbero essere i miei, un mestiere che non è tanto diverso dal mio, viaggi, storie, traslochi alle spalle, sufficienti per riempire piú di una vita, pochi soldi da spendere e molte idee su come farlo. E ferite, e pezzi di felicità… Ma soprattutto, lei il gioco del *facciamo i genitori* e dell'*altrove* l'ha giocato fino in fondo.

Un figlio lo ha avuto, e per lui o con lui un sacco di altre esperienze. La storia e l'intensità di quel legame ce l'ha scritta sulla pelle, insieme al primo giorno di scuola, all'ansia per gli scrutini di fine anno, ai pranzi e alle merende, ai musi, alle borse della spesa, alla richiesta di coccole e al rifiuto delle coccole, agli auricolari che isolano, ai piedi sul divano, alle porte che sbattono. È tutto scritto ma è anche difeso dagli sguardi indiscreti.

Non che si possa dire che lo nasconda, ma di certo non

lo celebra, il suo essere madre. Di piú, Olivia non ha proprio la faccia di una mamma, almeno non quella che secondo me deve avere una mamma. Anzi: l'avessi incontrata su un tram non avrei avuto dubbi a catalogarla come single. È come se usasse i meccanismi di autorappresentazione al contrario, per depistare. Dal punto di vista dell'informazione, la sua è una faccia che agisce per sottrazione.

Per un po', ho gironzolato intorno alle poche cose che sapevo di lei e alla fine gliel'ho chiesto: di raccontarmi e di raccontarsi. Le ho spiegato, non so con quanta chiarezza, che stavo pensando alle cose che non ho fatto, alle mie vite non vissute, ma neanche del tutto non vissute, che un po' mi erano rimaste dentro, perché a un certo punto le stavo per fare davvero, quelle vite. O almeno cosí credevo.

Lei mi ha detto di sí.

Abita a Milano in un quartiere che non è Milano, non piú o non ancora. Un luogo che le assomiglia, chissà se è un caso.

Andando da lei, ho sbagliato fermata dell'autobus e cosí ho dovuto camminare un po': casermoni, campi incolti, casette che sembrano quelle disegnate dai bambini, con comignoli e tetti spioventi, villette bifamigliari, un campo da calcio, uno da basket, orti, una cascina, una carrozzeria, una cappella sconsacrata eppure piena zeppa di santini, con la foto di papa Giovanni XXIII sull'altare e dappertutto vecchi attrezzi contadini, un campo da baseball, condomini eleganti, un sacco di verde e un sacco di cemento... Una via Gluck in versione 2.0.

«Sono disponibile a stare bene», risponde al mio «Ciao, come stai» di rito. È una bella risposta, che si allarga morbida verso il futuro e mette un'ipoteca sul passato.

(È tipico di lei: le escono frasi cosí e neanche se ne rende conto).

L'appartamento ha un taglio tradizionale, ingresso,

soggiorno, due camere da letto, cucina e bagno. Eppure qualcosa lo rende speciale. Ci metto un po' ma alla fine ci arrivo, guardando le pareti: tessere di colori pastello sparse qua e là, un riquadro verde chiaro, una porta azzurra, la cornice rosa di una finestra, uno stipite giallo chiaro. Colori lievi, che entrano nello sguardo poco per volta, in punta di piedi. Non ho bisogno di chiederlo, li ha messi lei, sono lei.

Mi offre un caffè, mi fa fare un giro della casa, si avvicina alla finestra e mi indica dove abita sua sorella, la direzione da prendere per arrivare alla zona commerciale, io rivedo le strade che ho appena percorso, porzioni di spazio senza nessi, pagine sparse di un catalogo di urbanistica. «Guarda quanto verde c'è, – dice, – mi piace per questo, e per la luce». Io le racconto che mezzi ho preso, insomma prendiamo (o perdiamo) tempo, allo scopo evidente e goffo di vincere l'imbarazzo che abbiamo entrambe. Io mi sento un voyeur, lei non ha molta voglia di parlare, forse si è pentita, ho paura che cambi idea. Alla fine non ci resta che sederci, al tavolo buono, quello del soggiorno; io armeggio con carta e penna, le sposto di qualche centimetro, come per dissimularne la presenza. Non so dire chi delle due è piú rigida, piú che parlare sembra che stiamo compilando un modulo burocratico, manca poco che le chieda sesso e data di nascita.

Il ritmo giusto ci mette un po' a farsi strada, ma a un certo punto arriva, il discorso si allarga e il passato di Olivia si apre come un paesaggio. Ispido. La trama che conoscevo prende spessore, ma non cambia molto. La storia inizia a Roma, dove Olivia arriva in compagnia dei suoi vent'anni. Ha lasciato Milano perché vuole fare l'attrice. A Roma fa quello che in tutto il mondo fanno gli aspiranti attori: lavora in un bar, alterna provini a fugaci apparizioni sullo schermo, si diverte e ha molti amici. Fino a quando molla tutto. Ci sono un paio di delusioni professionali dietro questa decisione. Ma c'è soprattutto un ragazzo, anzi, un ragazzaccio, come da copione bello e dannato. Il cinema dentro la vita.

Vivere come in un film invece di fare un film: è questo che (io) penso (lei) abbia pensato.

«Perché no?» si dice e mi dice per la prima volta, e non sarà l'ultima. Potrebbe continuare. O potrebbe finire. Vada come vada: appallottola quello che era stata fino a quel momento e lo butta nel cestino della carta straccia.

Piú che una scelta, la decisione che prende sembra la naturale conseguenza delle cose. Lui la ama, lei lo ama... E poi le dona l'avventura di una vita da vivere *fino all'ultimo respiro*. Si butta senza pensarci: niente notti insonni, niente telefonate alle amiche per chiedere consiglio, nessun dilemma. Come se, semplicemente, fosse cosí che doveva andare.

Ma non ha fatto bene i conti, non ha pensato che a decidere non c'è solo quella ragazzina insolente, *senza tetto né legge*, accanto a lei c'è una donna adulta, consapevole, che vuole un figlio, e lo fa. «Non è stato cercato, ma io lo volevo. Lo volevo *nonostante*». La ragazzina si fa da parte e la donna con un figlio che cresce prima dentro e poi fuori di lei si ritrova nella puntata successiva a recitare da sola. Non è tipo, lei, da stare con un ragazzo senza arte né parte, per quanto bello, per quanto dannato. Ma non le importa: «Prima mi piaceva essere incinta, poi mi piaceva mio figlio». Ma il film è appena iniziato. Il padre del bambino ritorna, chiede e pretende di essere salvato. Ed eccola di nuovo lí, la ragazzina impertinente e innamorata dell'amore. Di nuovo, Olivia fa in fretta. Prende le loro vite, che a questo punto sono diventate tre, le impacchetta e le porta in Toscana.

«Perché no?» (e siamo a due).

Là ci sono tutti gli ingredienti di un sogno bucolico: una bella casa, la legna da spaccare, un piccolo negozio di alimentari da gestire, il verde, le colline, l'aria pulita, l'asilo... La salvezza nel formato di un paesino di trecento abitanti.

Le cose non vanno come devono andare, pare ovvio, ma pare ovvio solo a chi le guarda da lontano, da oggi a ieri. I conti cominciano a non tornare, quelli del negozio prima, quelli dei sentimenti poi (o forse è stato il contrario?) Il suo compagno, il padre di suo figlio, vive sfiorando i margini della legge, sbanda una volta di troppo e supera il confine.

Fatto sta che a un certo punto Olivia si ritrova a fare la fotografa ambulante, va in giro per fiere, feste, mercati a vendere ritratti. Non lo sa ancora, ma sta imparando un mestiere che diventerà il suo mestiere.

Poi è di nuovo sola.

Poi è di nuovo con un uomo.

In un'altra città.

Dove c'è un'altra scuola (elementare).

Tutto per amore.

In fondo, «Perché no?» (tre).

Di nuovo la speranza d'amore, di una vita normale, inseguita senza chiedersi che cos'è, una vita normale: una famiglia? una casa? un lavoro sottopagato? un compagno (sbagliato)? La ragazzina la fa da padrona.

Ma è un amore piú forte, quello per il figlio, che la rende tenace. Può buttare sentimenti, luoghi, mestieri, ma lui se lo tiene stretto. Qua e là inciampa, si sbuccia le ginocchia e non solo, ma con lui in braccio non cade.

Dell'uomo dice: «Mi sono buttata tra le sue braccia e non sono mai stata felice».

Percepisco che fatica a proseguire il racconto. Non le fa bene ricordare. Mio malgrado, incalzo. Mi commuove la lealtà nei miei confronti: si sforza di essere precisa, cerca le parole giuste per raccontare scelte sbagliate, s'inceppa ma comunque va avanti.

Le parole che seguono sono fredde come l'inverno; nel frattempo ha anche spento la luce, mi dice che preferisce quella naturale (peccato che siamo a novembre, a Milano, e fuori pioviggina pure).

Per qualche ragione, mi torna in mente la strofa di una canzone degli Eurythmics: *Last night, while you were lying in my arms and I was wondering where you were...*[2]. In realtà quella canzone, in questo contesto, non c'entra nulla, ma quella strofa, da sola, ritagliata, quella strofa rende l'idea. È molto affollata la solitudine di Olivia.

Prima ancora di accorgersi che lui non la vuole, o forse è lei a non volere lui, capisce che anche la città cerca di scacciarla. Sono le case a notificarglielo: contratti d'affitto non rinnovati, vicini diffidenti...

È di nuovo ora di partire. Con quanto ereditato da suo padre, può comprarsi una casa nella città in cui è cresciuta, Milano, la casa in cui mi trovo ora.

L'appartamento è pronto, i mobili dentro, il bagno ristrutturato, piastrelle di colori psichedelici declinati al femminile. Tutto è sistemato, ma evidentemente non è ancora arrivato il momento di fermarsi. Gli uomini vanno e vengono, ma chi viaggia davvero è lei. Sta tornando a casa ma, come Ulisse, tergiversa. Uomini gaglioffi le intralciano la strada.

Altro amore.

Altro «Perché no?» (quattro).

Altro buco.

Poi basta.

Finalmente è arrivato il momento in cui è *disponibile a stare bene*. Ovvero ad amare chi la ama, a fare un lavoro perché è *quel* lavoro e non cosí, tanto «Perché no?»

Cerco di capire cosa è successo. Mi mostra qualche foto di famiglia. Il padre era bellissimo, mi sforzo di non semplificare tutto affibbiandole un edipo non risolto in versione da manuale di psicologia a dispense. Faccio bene a sforzarmi: ammesso che esistano, non stanno in quel ritratto le risposte alle mie domande. Altre foto, altre persone, quasi tutti uomini. Olivia fa capolino qua e là, sembra sempre sul

[2] Eurythmics, *When tomorrow comes* (A. Lennox - D. Stewart - P. Seymour).

punto di uscire dalla cornice. Poi una polaroid, lei distesa con il figlio di pochi mesi in braccio. Sembra una pubblicità, lei è bellissima, il bambino anche. Ma non è questo che mi colpisce: quello che mi colpisce è che in quella foto (in quell'unica foto), Olivia assomiglia a se stessa.

A colpire non è la bellezza, ma la grazia dello sguardo, dei gesti. C'è grazia ovunque, in ogni singolo punto dell'immagine. E allora capisco: può anche essere che Olivia per qualche tempo si sia infilata in una vita sgraziata, ma il suo corpo sapeva, aveva sempre saputo, che quello non era l'abito giusto.

La storia è finita, possiamo tornare al presente: c'è da preparare il pranzo, fare un paio di telefonate, controllare a che ora rientra il figlio. Io devo presentare una nuova guida di Milano, la invito a mangiare in una trattoria a pochi isolati da lí che ho intenzione di sperimentare. Infilo gli appunti nella borsa, fotocopio mentalmente la polaroid, so che è importante.

Un paio d'ore dopo, sull'autobus, rientrando a casa, cerco di ricapitolare.

Compilo mentalmente la seconda lista di questa storia (non proprio solo mentalmente a dire il vero, sono seduta, il tragitto è lungo, riesco a prendere qualche appunto).

1. La storia che ho ascoltato mi ha appassionato e commosso, potrebbe bastare a se stessa.

2. Nell'arco di una quindicina d'anni, Olivia è riuscita a buttare e costruire molto piú amore di chiunque altro conosca, compresa la sottoscritta.

3. La foto è un indizio che non va trascurato.

4. La foto la ritrae quindici anni fa, ma quel passato è talmente vicino che mi pare di poterlo toccare. È il resto, quello che sta in mezzo, a essere lontano. Perché?

5. Sintetizzando la storia della sua vita mi viene da dire che per piú di dieci anni una ragazzina e una donna hanno vissuto sotto lo stesso tetto. A turno, vestivano i ruoli del

quarantanove e del cinquantuno, ma non durava molto, bastava un niente e la partita ricominciava. La vita andava dietro a chi vinceva il singolo round.

6. A un certo punto la ragazzina ha fatto un errore di valutazione, ha insistito a non crescere, ha perso posizioni. Oggi è confinata nel perimetro di un cappello impertinente.

7. La donna invece è cresciuta, è cresciuta con il figlio e con la macchina fotografica che l'aiutava a mettere a fuoco il mondo (questa frase – retorica, lo so – mi verrebbe da sottolinearla).

8. Olivia ha amato due cose nella vita: suo figlio e l'amore.

9. Conseguenza del punto otto: Olivia poteva permettersi di sprecare la vita, perché la vita non era una di quelle due cose.

10. Ma c'è una verità piú vera da tenere presente, quella della polaroid. Lí si dimostra che è possibile parlare con il corpo. Per questo amarlo, e amare quello degli altri, dargli credito.

Scesa dall'autobus, tornata a casa, ripenso alla fotografia. E alla mia reazione. So che sono questioni importanti, ma per ora non ho la forza, le lascio razzolare tra i muri. Prima o poi so che le riprenderò. Magari si saranno un po' impolverate, non importa, ci penserò quando sarà il momento.

È un peccato che Olivia stasera non sia potuta venire a cena. Mi avrebbe fatto piacere continuare a parlare, o forse anche solo osservarla, scattare a mia volta una fotografia.

Decido comunque di celebrare la serata con un menú pensato per lei.

Mi sono fatta un'idea molto poco romantica del tran tran delle madri su tutto il fronte gastronomico. Mentre aspettano, non possono mangiare salumi, insalate, pesce crudo, non possono bere alcolici e non possono ingrassare, quindi niente dolci, fritti e altre cose buone. Poi allattano, non dormono mai, e dovrebbero pure stare a dieta, perché i chili in qualche modo non sono usciti tutti con il nascituro. Poi entrano in una sorta di tunnel bianchiccio fatto di latte e formaggini Mio e indefinibili pappette di pollo. Poi devono dire di no alla Nutella, e alle patatine, e alle caramelle. Poi si trovano a comprare derrate di sofficini e bastoncini di pesce. Poi le bistecche, «Ma no, questa sera esco, vado in pizzeria con gli amici». Poi per fare cosa buona e giusta comprano frutta e verdura biologica ma nessuno le mangia e marciscono in frigo, che nessuno pulisce.

Insomma, un incubo, da cui sento di doverla salvare. Di cosa avrebbe voglia, Olivia, se fosse qui?

Scarto tutto il settore bianco, ovvero latte e formaggi, ne avrà fin sopra i capelli. Pasta al forno, milanesi, insomma tutte le mappazze che riempiono senza che si fatichi troppo a spignattare e che per noi single sono fra le trasgressioni preferite, secondo me le escono dagli occhi: ha un adolescente in casa. Qualcosa di esotico? Sí, è un'idea, ma non troppo piccante, per qualche ragione sono convinta che il cibo da consumare con lei non debba essere arrogante, e niente mi toglie dalla testa che le spezie siano un po' egocentriche: di loro infatti sono innamorata, ma come lo si può essere di un divo del cinema. O di un cantante d'opera. Alla fine ci arrivo: fajitas di pollo. In casa ho un pacco di tortillas, la salsa al peperoncino posso fabbricarla. Se esco al volo, riesco ancora a comprare un petto di pollo (biologico) e un peperone verde. Le cipolle? Ne ho. Potrei fare anche un po' di guacamole, se trovo un avocado maturo. E il lime.

Vado e torno. Mentre taglio le verdure a striscioline con una precisione che non ho mai avuto, mi accorgo che è come se avessi appeso la polaroid sulla parete di fronte. Me ne accorgo perché sto usando il coltello con circospezione, come non la volessi disturbare. Alla fine ho tre mucchietti uguali: peperone (verde), cipolle (rosse) e pollo. Ungo appena una padella, accendo il forno per portarlo a temperatura, avvolgo le tortillas nella carta stagnola perché non si secchino, mischio un po' di peperoncino dolce e piccante con olio e una punta di aceto, aggiungo un bel cucchiaio di cumino nella padella, accendo il fuoco e ci butto le verdure. Quando sono appassite, è ora di aggiungere il pollo, e mettere le tortillas in forno. Apro una birra (tedesca, peccato), do un'ultima girata alla carne e alle verdure, ne prendo due o tre cucchiai e li avvolgo nella tortilla calda, con un po' di salsina piccante. Potrei anche mangiare in piedi ma no, mi siedo, riguardo la fotografia che ho appeso con gli occhi, mi dico che chissà, magari avremmo potuto adottare una bambina messicana, io e il mio compagno. Ma l'avremmo fatta crescere a omelettes e rosé.

La versione di Giorgio

Mentre prendevo confidenza con la storia di Olivia, di tanto in tanto, un po' per gioco e un po' no, mi rigiravo tra le mani i miei vecchi giocattoli, ossia la Corsica, la bambina e, naturalmente, il bar sulla spiaggia. Li prendevo e li spolveravo, nel modo piú banale, come si fa con quegli oggetti dimenticati che spuntano fuori da chissà dove quando si trasloca. Si comincia con il passarseli da una mano all'altra, un po' ci si commuove, un po' li si compiange, è difficile buttarli via, è difficile trovare un posto dove metterli. Si prendono, si guardano, si posano, poi si riprendono... Fossero importanti, ci si dice, non sarebbero invecchiati in fondo all'armadio. Avrebbero fatto bella mostra di sé, come il disco di vinile di Patti Smith che è diventato un quadro (copertina di Mapplethorpe). Finisce che uno li guarda e sta lí, un po' allocchito, indeciso se trasformarli definitivamente in spazzatura o concedergli l'upgrading di ricordi.

Questo lo sfondo. Nella pratica un giorno, per ragioni che non c'entravano nulla con tutto ciò, ero andata a vedere una sorta di consorzio di laboratori creativi. Mi aveva incuriosito che tale consorzio non fosse di grafici, web designers, aspiranti pubblicitari e via discorrendo. Ma di falegnami, sarti, costumisti... Gente insomma capace di pensare con le mani.

La sede di questo gruppo è un ex edificio industriale e la disposizione dei laboratori ricorda un po' quella di un mercato. Credo che l'idea sia quella di ricreare in qualche modo l'atmosfera di una serie di botteghe che si affacciano sulla strada. Mentre mi aggiravo tra segatura e scampoli, a un certo punto sono praticamente inciampata in un cartello su cui c'era scritto: «La vostra storia in venti minuti». In quel momento non c'era nessuno, ma mi sono appuntata i recapiti e il giorno dopo ho chiamato per prendere appuntamento. La sola esistenza di un negozio in cui si comprano storie invece che scarpe o paralumi era di per sé eccitante. Chissà quali storie la gente si porta dietro e poi si porta via. M'immaginavo un viavai come in un negozio di abiti usati. Ti porto qualcosa di vecchio, di cui mi sono stufato, che so, un lavoro, una città, un ruolo, e me ne esco con qualcosa nuovo di zecca. Mi vedevo una fila di Carle, Patrizie, Giulie che si avvicinano al banco un po' titubanti: appoggiano un matrimonio fallito, un figlio scapestrato e uno disoccupato, il monolocale con angolo cottura, l'assemblea di condominio... E dopo venti minuti escono proprietarie di un marito pilota, un cavallo su cui galoppano come Tess, un ingaggio all'Opéra di Parigi, gli abiti di Anna Karenina, la conduzione della «Vita in diretta», la voce di Laura Pausini.

Un vero affare.

In piú, poteva essere una buona occasione per fare le pulizie di primavera: era il posto giusto in cui portare quegli oggetti che avevo ritrovato e che non sapevo dove mettere. Cosí come si porta un libro già letto al bookcrossing, o si regala a un'amica piú giovane quella gonnellina deliziosa ma ormai davvero troppo corta. Non li si tiene, non li si butta, ma gli si dà una seconda chance.

Stordita dall'idea di avere tutte quelle vite scintillanti a portata di mano, la mia Corsica e la mia bambina perdevano ogni traccia di malinconia. Un'investigatrice, ecco cosa sarei (anzi sono) diventata io. Ho sempre adorato i gialli ambientati nel Mediterraneo: Maigret aveva condotto un'indagine alle Porquerolles, Poirot (o era Miss Marple?) a Maiorca, ora anche Vila è a Palma, per non parlare di Montalbano. Ecco, io sono diventata una signora di mezz'età un po' eccentrica e molto curiosa, diciamo pure una rompiscatole (e quale detective che si rispetti non lo è?) ma da quando ho risolto (per puro caso, ma questo non occorre dirlo alla Gendarmerie) il mistero della turista scomparsa, mi sono guadagnata un certo rispetto dalle mie parti. Ora il *commissaire* non ha potuto fare a meno di chiedere il mio aiuto. C'è qualcosa di losco, ne è convinto, dietro quel gruppo di turisti inglesi che si vestono in modo strano e ogni notte accendono un falò sulla spiaggetta che confina con quella del mio chiosco. Che clamoroso equivoco! Glielo vorrei dire subito, ma preferisco tacere ancora un po', per poi *ta dam!* buttargli lí la scoperta con falsa modestia, ma non prima che mi abbia pagato una cena, e di quelle buone. Non sono affatto pericolosi, sono un gruppo di druidi in trasferta. Chi sono i druidi? Ma è possibile che uno che fa il suo mestiere non abbia letto neppure un libro di Elly Griffiths, sull'archeologa inglese piú ficcanaso di me? Anche lei ha una figlia, il cui padre, in un certo senso, anzi in tutti i sensi, è bigamo, si destreggia tra due famiglie. Chissà se alla fine prenderà una decisione... Ma sua figlia è piccola, la mia ormai è diventata una funzionaria delle Nazioni Unite, sempre in giro per il mondo per missioni umanitarie ad altissimo rischio. Ha una casa a Parigi e una a New York, ma trova sempre il tempo di venirmi a trovare.

Mi crogiolo in queste fantasie per un intero giorno (era domenica) e ho quasi la tentazione di disdire l'appuntamento, per proteggermi da sicure delusioni. Di cui la parte ancora sana di me non dubita.

Il narratore su commissione si chiama Giorgio[3], mi racconta che la compagnia in cui lavora ha ripreso in chiave

[3] Giorgio esiste davvero, e davvero scrive storie per gli altri, anche se non ha un negozio in cui le vende e si dedica a questa attività solo di tanto in tanto. Si chiama Giorgio Ghelfi, la compagnia per cui lavora invece si chiama Zorba e al momento in cui scrivo ha sede negli ex spazi dell'Ansaldo a Milano grazie al progetto OCA (Officine Creative Ansaldo).

contemporanea la tradizione della commedia dell'arte: costruiscono le maschere, fanno spettacoli e spesso improvvisano. Di qui la dimestichezza che ha a buttare giú canovacci e sceneggiature all'impronta, sulla base di situazioni che mutano. E di qui l'idea di mettersi alla prova con questa sorta di lavanderia a gettoni del racconto. Rispetto al mio film, la realtà è piú prosaica. Sí, è vero, la gente ha bisogno di storie. Ma la piú parte non sa di quali, non chiedono nulla e tocca a lui guardarli e inventarsi qualcosa, sperando che quello che inventa non gli stia troppo stretto o troppo largo. Alcune arrivano con le tasche piene di parole: nomi di oggetti, di emozioni, quasi mai di luoghi. Solo una coppia voleva entrare in un intrigo internazionale con tanto di spie, difficile soddisfarla in venti minuti.

Io appoggio sul tavolo le mie tre carte, le giro e aggiungo solo che hanno piú di vent'anni. Venti minuti dopo mi consegna tre foglietti, stampati e impaginati con cura, in cui leggo quanto segue.

DOVE TI PORTO

Maria è appena scesa dall'autobus, saluta il conducente e l'autobus riparte.

Oramai non sono rimaste molte persone, l'estate s'è quasi consumata e anche al chiosco i clienti sono piú rari e le giornate piú noiose.

Maria passa molto tempo a guardare il mare. Non molto distante c'è il porto da dove i traghetti partono e ritornano a cadenze regolari.

Alessandro è ancora a casa con Francesca, la loro bambina. Ha da poco compiuto gli otto anni, è in terza elementare e di solito Alessandro l'accompagna a scuola la mattina...

Maria sta riordinando i tovagliolini quando suona il telefono. È Alessandro: l'hanno chiamato da scuola: Elvira, la loro amica, maestra d'italiano, ha chiamato per scrupolo, per una sensazione. Francesca non è andata a scuola oggi?

Maria si sente morire. Come non è a scuola?... Si arrabbia con Alessandro, inizia un litigio subito spento per non perdere tempo. Come sott'acqua Francesca (*svista o lapsus: intende Maria, N.d.R.*).

esce dal negozio... Chiede un passaggio all'edicolante... Si trova con Alessandro vicino alla scuola... Maria lo abbraccia, lo picchia, piange... Le ricerche sono già iniziate...

Hanno controllato a casa di un'amica malata... Al cinema... Ma Francesca non è tipo da comportarsi cosí.

Alessandro da parte sua cerca di star calmo. Ma è nel pallone.

Il poliziotto li porta al bar... Che bevano qualcosa.

Sono le umidicci (*undici, probabile svista del programma di scrittura, N.d.R.*) di mattina, sono seduti a un tavolino. Nessuno parla. Il barista volta ogni tanto un'occhiata come un sospiro... Maria guarda fuori dalla vetrina senza mettere a fuoco la piazzetta semivuota... E il filo del sole che lentamente scende lungo l'intonaco del municipio.

Sono le due del pomeriggio. Sul tavolino i piattini di due toast avanzati.

Alessandro non c'è.

Il poliziotto in piedi accanto al banco ordina l'ottavo caffè.

Francesca (*di nuovo in realtà Maria, N.d.R.*) affonda il viso tra le mani, le torna nuovamente il dolore, che va e viene come onde.

Stringe gli occhi... Si sente morire... La radio sul tavolo gracchia un segnale d'avviso...

Un uomo, una voce disturbata chiama il collega... Chiama il collega per nome.

Il poliziotto si rovescia il caffè addosso e accorre: avanti.

Con tono di normalità l'ufficiale comunica che una bambina viaggia non accompagnata sul traghetto di ritorno da...

L'ha trovata una barista... Sembra corrisponda.

Maria sgrana gli occhi, il poliziotto sorride, insieme corrono fuori dal bar.

Il barista sorride.

Maria, Alessandro, il poliziotto e una piccola folla di persone aspettano al porto l'arrivo della nave.

La nave attracca. E lentamente le persone iniziano a scendere. Ecco il capitano che accompagna Francesca. Dio santo menomale che è lei.

Maria e Alessandro si fanno largo tra le persone e Francesca gli corre incontro. Si abbracciano. Francesca si è spaventata molto.

«Perché l'hai fatto? Ma cosa ti è venuto in mente?!»

«Volevo vedere cosa c'è di là».

È l'unica cosa che dice Francesca prima di scoppiare a piangere e tuffarsi di nuovo nell'abbraccio di sua madre.

Ho riportato la storia per intero (piccole incongruenze comprese) per due ragioni. La prima è che non solo mi piace, le voglio bene, a lei molto piú che agli oggetti che ho lasciato sul tavolo di Giorgio.

Della seconda mi sono accorta mentre la copiavo. Tutto il racconto è costruito, per ovvie ragioni, per mettere in luce un fatto in un certo senso drammatico, l'improvvisa scomparsa della bambina, quindi in funzione del suo scioglimento, infine di una sorta di morale, quella che dovrebbe avere ogni fiaba. In questo caso voler vedere cosa c'è *di là*, ovvero la storia del mondo spiegata da una bambina di otto anni. Ma oltre a questo, in controluce, a sprazzi, s'intravede qualcosa della vita di Maria e Alessandro. I pochi indizi tratteggiano una vita normale: i due un po' litigano un po' sono solidali, lui accompagna la bambina a scuola, lei non serve rosé ma riordina tovagliolini, prende l'autobus, le giornate sono *piú noiose*, Francesca non passa le mattine tra i profumi della macchia mediterranea ma a scuola e quando la cercano la cercano a casa di un'amichetta (che ha l'influenza), non dietro lo specchio di Alice. Persino i traghetti trasportano turisti e non avventure.

E a questo punto mi viene in mente che la storia potrebbe anche continuare un po', accompagnare Maria e Alessandro dal porto a casa, farli cenare e mettere a letto Francesca: un finale dopo il finale da aggiungere alla mia storia, cioè alla storia di Giorgio. E anzi, per questo epilogo mi pare giusto passare la mano e lasciarlo scrivere alla signora Maria, di nazionalità italiana e residente a Calvi, Corsica, Francia. È lei a dirci di cosa chiacchierano

Alessandro e Maria quella sera, o la sera dopo, fa lo stesso, mentre caricano la lavastoviglie. Piú che chiacchierare ponderano, valutano, dissezionano i pro e i contro riguardo a un'idea che da un po' gli frulla nella testa. Stanno infatti pensando di mollare tutto, cambiare vita. *Perché no?*, si dicono, e non per la prima volta. Maria ha in mente la Nuova Zelanda, pensa che laggiú potrebbe gestire un vivaio, Alessandro è d'accordo sui fiori, gli sembra un bel modo di guadagnarsi da vivere, ma è piú attratto da una piantagione di tulipani in Olanda, potrebbe arrotondare insegnando italiano e francese, o magari facendo qualche traduzione. Maria dice che anche lei potrebbe tradurre, in fondo è una cosa che ha sempre desiderato fare. Entrambi convengono che sarebbe il caso, finalmente, di partire.

Studio della dottoressa Orsetta Nigroni Merri

Piú che uno studio medico, quello della dottoressa Nigroni Merri sembra l'incrocio tra il desk di una sala Vip di una compagnia aerea e... e che cosa? E l'ufficio di un consulente fiscale, ecco cosa. Ed ecco da dove viene quella sensazione di panico che ho avvertito da subito, prima ancora di sedermi sul divanetto in pelle chiara, quasi bianca, prima di notare il rigoglioso ficus vicino alla finestra, prima di far caso che l'unica cosa che mi piace qui dentro sono le fotografie in bianco e nero appese alle pareti. Un po' new age forse, con quella ridondanza di nuvole e vortici d'acqua, però belle. Anche le cornici in acciaio satinato non sono male.

Ho preso appuntamento con Orsetta Nigroni Merri, dietologa, un bel po' di tempo fa, appena rientrata dalle vacanze, due giorni esatti prima che i buoni propositi evaporassero. O forse dovrei dire cadessero come foglie d'autunno, vista la stagione in cui siamo ora. Ad ogni modo, ormai l'ho fatto ed è troppo tardi per cambiare idea.

Prima di decidere se accettarmi o meno come paziente, qualche giorno fa la dottoressa mi ha chiesto di mandarle qualcosa di scritto. Una richiesta bizzarra, ho pensato, e non sapendo bene come barcamenarmi, ma non volendo cominciare con il piede sbagliato, le ho spedito qualche appunto di quello che stavo scrivendo.

«Un caso difficile e molto interessante, – mi ha risposto a stretto giro. – L'aspetto giovedí alle 17,30». A ripensarci, mi viene una seconda ondata di panico: «Cosa avrà inteso con difficile e interessante? Mica voglio cambiare vita, solo rivedere un po' l'apporto calorico, imparare a mangiare in modo piú equilibrato...» Vorrei andarmene, ma mi trattiene il pensiero che come mossa sarebbe davvero troppo banale: chiunque vorrebbe andarsene dallo studio di una dietologa, tanto piú di una dietologa che ha un debole per i consulenti fiscali.

Interrompe le mie elucubrazioni una voce all'interfono: «La signora emmepi – dice proprio cosí, emmepi – è attesa in studio». Intuisco che quella voce sta parlando con me non perché abbia idea di come tradurre emmepi, ma perché intorno a me non c'è nessun altro. Mi faccio coraggio e entro.

La dottoressa è alta, capelli biondi con le mèches, indossa una giacca in pelle scamosciata, jeans bianchi che si infilano in un paio di stivali morbidi, una camicia azzurra, una grande cintura. E molte frange, sul risvolto degli stivali, sulle maniche e sul dorso della giacca, sul taschino della camicia. Ha una collana con orecchini coordinati in oro (forse) e grandi pietre turchesi, che mettono in risalto l'abbronzatura. Ovvio: è magra. Come visione d'insieme, un po' inquietante, ma nel complesso il look da cowgirl le dona. «Chissà se ha mai assaggiato la carne di bisonte», mi chiedo.

– Allora, ho dato un'occhiata a quello che mi ha mandato, sarà un lavoro lungo e difficile. Una bella sfida per me.

– Buongiorno dottoressa.

– Ah, sí, buongiorno a lei, ma non perdiamo tempo con i preliminari, avremo fin troppo da fare.

– Beh, troppo da fare... In realtà a me basterebbe un aiutino, giusto per perdere un paio di chili e magari tonificarmi un po'.

– Altro che aiutino. Lei è un caso davvero complesso. Del resto, basta leggere la sua mail. Di norma, la gente normale, e intendo proprio quella normale, mica i laureati in astrofisica, quando gli chiedo di farmi avere qualcosa di scritto mi mandano poche righe in cui scrivono età, peso, abitudini alimentari, gli sport che fanno o che non fanno, intolleranze... Insomma, poche informazioni chiare e sintetiche funzionali all'impostazione della terapia. Ma lei... Lei cosa fa? Mi manda un guazzabuglio di parole che non sono neanche riuscita a capire se siano gli appunti per un libro di ricette strampalate o sull'andare per funghi sulle spiagge. Comunque, ho appena iniziato a leggere e ho già perso il conto delle calorie, cara la mia emmepi.

– Non molte, davvero. Olivia non è neppure venuta a cena... Ma perché mi chiama cosí, emmepi?

Strabuzza gli occhi e mi guarda con la stessa compassione con cui guarderebbe un cane morente (cioè mi sembra sia compassione, o almeno lo spero).

– Ma davvero devo spiegarglielo? Sta per mariaperosino (lo dice cosí, tutto di seguito). Ho iniziato a usare le iniziali per chiamare i pazienti all'interfono per rispetto della privacy, e poi mi sono resa conto che potevo farlo anche durante le sedute, cosí risparmiavo tempo.

– Accidenti, è geniale! – dico, e intanto mi appunto di ricordarmi di non esportare questo metodo fuori di qui, mai, per nessuna ragione al mondo.

– Ma torniamo a noi. Allora?

– Beh, vediamo, una pizza, cotoletta con patate in trattoria, poi uno spuntino messicano...

– Spuntino?

– Lo giuro, solo due tortillas, e nel ripieno c'era un sacco di verdura.

– Poi?

– Poi basta, davvero...

– E in Corsica? Cosa faceva, digiunava?

– Beh, qualche omelettes, un paio di bicchieri di rosé... niente altro, direi.

– Non dica bugie, le ricordo che le ore costano, a me tempo, a lei soldi.

– E va bene: un sacco di tazze di caffè e un toast. Ma

quello me l'ha offerto Giorgio. Io neanche morta mangerei un toast, meno che mai in Corsica. L'ho mangiato solo perché ero troppo agitata per pensare a cosa stavo ingurgitando. Cosa che in effetti può farmi fare solo una persona che non mi conosce bene.

– Mi sta dicendo che lei non si agita mai?

– Certo che mi agito, ma preferisco farlo dopo pranzo.

– E a quali conclusioni sarebbe arrivata, dopo questo viaggetto dalla Liguria alla Corsica con tappe a Milano e in oscuri paesini toscani?

– Non so, che tutti tornano a casa. O almeno cercano di farlo. Viaggiamo e viaggiamo, ma viaggiamo per tornare, forse in un luogo che non c'è. Persino mia figlia, che non è mai nata, alla fine voleva *andare di là*. A cercare cosa?

– Davvero crede sia questa la ragione per cui ha ingurgitato tutte quelle schifezze?

– Non erano schifezze, anzi... Comunque sí, cioè no.

– Avanti, lo dica.

– Dico cosa?

– L'unica cosa che non ha il coraggio di dire e di cui vale la pena parlare: perché non ha avuto un figlio? Perché si è trastullata con l'idea dell'adozione?

Io, ben lontana dal chiedermi e dal chiederle come osi farmi domande cosí intime, rispondo:

– Sa che è brava, dottoressa? Mica si lascia sfuggire il punto lei. E va bene, glielo dico se proprio lo vuole sapere.

– Non è che lo voglio sapere, io lo so. Ma voglio che sia lei a dirlo. Non perché m'interessa, ma perché fa parte del mio lavoro.

– Allora. Primo: io ho pensato di avere un figlio, ho discusso se averlo o meno, ho soprattutto *parlato* di avere un figlio. Ma la cosa che non ho mai fatto è stato desiderare di averlo.

Taccio un attimo, prendo fiato e chiudo gli occhi, come se dovessi tuffarmi.

– Secondo?

– Lei ne ha? Di figli, intendo.

– Questa non è questione che la riguardi. Sono fatti miei, e poi non ho nessuna intenzione di entrare in uno dei suoi capitoli. Ci tengo alla linea, io. Vada avanti.

– La verità è che tutta quella faccenda della maternità mi fa orrore. Voglio dire, non mi fa affatto orrore avere un figlio *in sé*, per questo avevo pure pensato seriamente all'adozione, mica per salvare il pianeta dalla sovrappopolazione. Mi fanno orrore il corpo che si deforma, le gambe gonfie, il pensiero di dover cambiare pannolini, l'odore del latte. Ogni volta che passo vicino a un negozio di abiti premaman, mi sembra di essere davanti a una vetrina di «Scherzi a parte»: tutti quei vestitini a fiori, vezzosi, studiati per rivestire corpi che di vezzoso non hanno nulla. Perché poi gli abiti per neonati sono cosí stupidi? Colori pastello, ricamini, tutine, bavaglini con gli orsetti: ci può essere qualcosa di piú alieno? Chi sono i malati di mente che li inventano? E delle feste di compleanno da McDonald's, con tanto di pagliaccio, ne vogliamo parlare?

E dopo tutto questo, con cosa ci si ritrova? Con un essere che prima di vedere la nostra faccia ha visto la nostra pancia. E l'ha vista da dentro! Che è spuntato fuori dalle nostre parti piú intime. Come potrei stabilire un rapporto con una persona cosí, io che m'imbarazzo se qualcuno mi vede con i capelli sporchi? E che se non ho fatto la ceretta non riesco nemmeno a fare la doccia. A fare la doccia da sola!

Prima che me lo dica lei lo dico io. Lo so. Lo so che tutte le donne che hanno avuto figli, almeno quelle abbastanza oneste e non stordite dai luoghi comuni, lo ammettono, che tutto questo è anche vero. Ma appunto, anche. Perché nessuna, non dico Olivia, dico proprio nessuna, se avesse la bacchetta magica e potesse tornare indietro non ricomincerebbe tutto da capo. Ho un'amica che ha passato la gravidanza a letto, le è venuto il diabete della gestante, ha avuto la nausea fino al settimo mese e mentre lei era a letto suo marito lo era anche, a letto, ma in quello della segretaria. E quando è nato, suo figlio per tre anni non ha dormito, e vomitava praticamente tutto quello che mangiava. Eppure quel bambino, che ora è un adolescente, che immagino avrà i brufoli, ecco, per lei è la cosa piú bella e importante che ha fatto nella vita. Voglio dire, io ci credo che ci sia un assoluto nell'amore di una donna per il proprio figlio. Ci credo perché mi fido delle persone che me lo dicono. Ma non riesco a dargli una faccia, a questo amore. Ci credevo ma non sono mai riuscita a farlo mio, a mettere insieme una scorta sufficiente d'immaginazione per fare quello che credo sia né piú né meno un atto di fede.

Una come Olivia invece ci è riuscita. Ha presente quelle donne con un fisico da fotomodella che qualsiasi straccetto si mettano addosso riescono a essere sempre supereleganti?

– Certo.

Da come lo dice mi viene il sospetto che sia convinta di appartenere alla schiera fortunata, ma vado avanti.

– Ecco, Olivia indossa la *madrità*, se posso usare questo termine, che è brutto ma rende l'idea, come un abito cucito su misura, e pure di gran classe. È armonica. Piú di ogni altra persona che conosco, non solo ci è riuscita, ma era bella mentre ci riusciva. Si vede nella fotografia, ma si vede anche in mille altri gesti. Olivia è davvero come un dépliant turistico. Ma a differenza dei dépliant turistici non ha niente di finto. È il resto della sua vita che per un periodo non è stato un granché. E questo mi fa pensare che, come lei oggi *è disponibile a stare bene*, io allora non ero disponibile a stare male.

– Beh, vedo che abbiamo fatto qualche progresso. Non che si vada molto lontano, ma almeno ora la smetterà di farneticare su occhi a mandorla e isole mediterranee.

«Ora mi assolve», penso, e piú o meno ci azzecco.

– Come espiazione, – dice proprio cosí, espiazione, – farà una settimana di dieta in bianco. Non bianchiccia, non voglio essere sadica. Però riso bollito, yogurt, finocchi e pesce al vapore. Solo questo, per una settimana.

– Arrivederci dottoressa.

– Arrivederci.

Viola

Riviera ligure, piena estate.

SARA *Ho saputo che Viola si è iscritta a Lingue, fa inglese e giapponese* (e vorrei ben dire, un pizzico di originalità fa parte del look…)

BARBARA *Hai sentito che Viola si è fidanzata? Pare facciano sul serio, lui è il figlio di un imprenditore, credo che la famiglia sia marchigiana* (no, non l'avevo sentito)

ENRICA *Domenica con un po' di amici siamo andati a mangiare nelle Langhe, siamo stati nel ristorante del castello dove Viola ha fatto il pranzo di nozze. Non si mangia male, e il giardino è bellissimo. Deve essere stata una bella festa…* (dunque facevano sul serio).

ALESSANDRA *Se quest'estate decidi di andare al mare nelle Marche fammi sapere. L'anno scorso sono stata una settimana in un B&B vicino a Pesaro. Un posto delizioso, me l'ha consigliato Viola, che ora abita da quelle parti.*

BARBARA *L'altro giorno ho sentito Viola, era da un sacco che avevo voglia di farlo. Aspetta un figlio, nasce in aprile, non vuole sapere se sarà maschio o femmina* (sono pronta a scommetterci: femmina). *Stanno per traslocare, hanno ristrutturato l'appartamento sopra quello dei genitori di lui, dice che è un palazzo bellissimo, in pieno centro.*

ANNA *L'altro giorno per caso ho incontrato Viola, era venuta per far passare al nipotino un po' di tempo a casa della nonna. È un bambino bellissimo, si chiama Andrea* (dunque maschio, strano, forse c'è stato un errore, una come lei secondo me era programmata per mettere al mondo solo bambine).

MONICA *Sai se qualcuno ha bisogno di traduzioni commerciali dall'inglese? Viola dopo la nascita della bambina* (visto che alla fine è arrivata?) *ha deciso di lasciare l'insegnamento e sta cercando qualche lavoretto da fare a casa. Per seguire i figli da vicino, senza però fare la casalinga a tempo pieno, non vuole che i bambini crescano pensando che le donne non fanno niente* (il ragionamento non fa una grinza).

BARBARA (Barbara è sempre la piú informata) *Sai Anna, la figlia di Viola? pare sia cosí brava ad andare a cavallo che a otto anni fa già concorsi!* (no, non lo sapevo, che si chiama Anna e che va a cavallo e che ha già otto anni).

NICOLETTA *Pensa un po', mi ha chiamato Viola. È piuttosto agitata perché suo figlio piú grande, Andrea, si è fissato con la chitarra e vuole iscriversi al conservatorio* (Nicoletta è assistente in una casa di produzione discografica, tout se tient). *A lei la cosa non disturba, pensa che i figli debbano essere liberi di esprimere la propria personalità* (sic), *ma il marito è assolutamente contrario e lei non vuole tensioni in famiglia* (Viola sa cosa sono le tensioni in famiglia? L'avevo sottovalutata).

BARBARA *Ho dovuto andare a Pesaro e sono passata a trovare Viola* (figuriamoci se si faceva sfuggire l'occasione di avere informazioni di prima mano). *Ha una casa bellissima, l'andròne è tutto affrescato. L'appartamento è al secondo piano, hanno fatto mettere un ascensore nel cortile. Per i nonni soprattutto, lei dice che preferisce fare le scale, cosí si tiene in forma, e infatti lo è, in forma. E poi non ti dico, la casa è magnifica, grande, le travi sul soffitto. Ricordi quel mobile tipo credenza che aveva a casa dei suoi?* (no, non lo ricordo, ma non dimentico che Barbara non tralascia i dettagli, quando racconta qualcosa. Entro la fine della telefonata saprò anche di quanti gradini è fatta la scala). *Ecco, l'ha messo in soggiorno, è un bel mobile antico che sta bene con i divani moderni. E anche con tutto il resto. Ti dico solo che ha una stanza degli armadi ordinatissima, con la biancheria impilata secondo le nuances di colore. E in camera da letto una cassettiera per l'intimo tutta divisa a scomparti, cosí i completi* (mutande e reggiseno, *N.d.R.*) *non si mischiano* (Barbara è l'unica persona al mondo che conosco che entra in una casa e nota cose simili. Come faccia, non lo so). *Per non parlare della cucina, un grande tavolo tipo refettorio dei frati, rami appesi alle pareti e su due lati il piano cottura e tutto il resto, mi ha detto che è di Boffi* (avrei detto Scavolini, ma tant'è).

Questo è tutto quanto riesco a farmi venire in mente riguardo alla vita di Viola negli ultimi, diciamo, vent'anni, mentre immergo per la terza volta un polipo in una pentola di acqua bollente dove già galleggiano, su raccomandazione del pescivendolo, mezzo limone e un tappo di sughero (sono quasi certa che questa del tappo sia da archiviare nel file «superstizioni in cucina», ma appunto solo quasi, dunque per non sbagliare...) Comunque lo si voglia cucinare, il polipo è bene farlo bollire in anticipo perché, *conditio sine qua non* per la riuscita del piatto, in quella sua acqua dovrà poi raffreddarsi. E per una legge fisica a me ignota, a raffreddarsi, il polipo, ci impiega un sacco (voglio dire: se mi faccio una tazza di tè e non la bevo subito, mettiamo che mi arrivi una telefonata e mi dimentichi, dopo pochi minuti è fredda. Il polipo, invece, si prende il suo tempo...) Dunque faccio bollire per qualche minuto, spengo, copro, e a questo punto posso uscire a fare la spesa prendendomi anch'io tutto il tempo che voglio.

La ragione per cui alle tre del pomeriggio di un giorno feriale sono in cucina alle prese con un polipo, per giunta di dimensioni abnormi (ora che ci penso: domani potrei condirci la pasta, oppure tenerne da parte un po' da mangiare in insalata), che sguazza nell'acqua bollente in compagnia di un tappo di sughero, è che sono in vacanza, al mare; la ragione per cui penso a Viola e a quello che ha fatto nella e della sua vita è che l'altro ieri per puro caso l'ho incontrata in spiaggia, ci siamo stupite salutate festeggiate ed è finita che l'ho invitata a cena. Forse anche questo per caso o forse no. Vedremo.

Non mi viene in mente un'altra persona che abbia in dote un nome che le sta cosí bene: Viola è il nome di un fiore, ma non lezioso come Violetta, non eccentrico come Dalia e senza la puzza sotto il naso di Ortensia, semplice ma non ingenuo come Margherita. Insomma, le calza a pennello. E se tanto mi dà tanto, non è l'unica cosa che le calza a pennello. O almeno un tempo era cosí.

L'ultima volta che ci siamo viste era l'anno della maturità. Nel presente di allora, fino a quel momento avevamo giocato con le stesse carte: età, luoghi, istruzione, vacanze, famiglie erano grosso modo uguali. O le differenze erano talmente piccole che avremmo potuto scambiarcele come figurine: ti do Bardonecchia e mi prendo Sestriere, la quarta A per la C, mia sorella e la sua migliore amica per la tua (se senza migliore amica anche meglio), le lezioni di nuoto per quelle di ginnastica… Altre cose no, non avremmo potuto scambiarcele: dubito ad esempio che avrebbe ceduto *Un'emozione da poco* di Anna Oxa per il mio *Due anni dopo* di Guccini, o si sarebbe presa il mio zaino per la sua valigia, il mio maglione di lana norvegese per la sua camicetta a fiori di Laura Ashley, *Siddharta* per «Cosmopolitan»… Io andavo orgogliosa di quello che mi pareva con ogni evidenza essere un marchio intellettuale, lei era fiera del suo saper stare al mondo.

Ma quello che davvero ci distingueva era un'altra cosa che solo ora riesco a dirmi: Viola era piú bella di me. Molto piú bella di me.

Begli occhi, bel seno, un fisico proporzionato, capelli mossi… E, fatto per me ancora piú stupefacente, *sapeva* di avere dei begli occhi, un bel seno, un fisico proporzionato ecc. ecc. E sapeva come usarli: con garbo, mostrando ma non esibendo. Indossava il suo essere donna con disinvoltura, senza darsi delle arie: al contrario, lo dava talmente per scontato che non ci pensava proprio.

Di tanto in tanto, ci provavo anch'io a fare la donna, ma non ero che una parodia. Non capitava spessissimo, ma certe volte mi convincevo che era quello di cui avevo bisogno per essere felice. E allora via. Mi ero attrezzata di tutto punto: bagnoschiuma al cocco marca Perlier, ombretto azzurro (mi stava malissimo), camicetta con il colletto di pizzo, ballerine (il tacco no, non avevo ancora capitolato), fermacapelli, lucidalabbra (che scompariva subito: non mi era mai venuto in mente che bastava metterselo in borsa e ripassarlo…), profumo al mughetto. Cosí bardata, mi presentavo a feste e festicciole in cui tutti sapevano ballare, i maschi piú gettonati avevano la moto da cross e le ragazze il Ciao, tutti sembravano fidanzati o sul punto di diventarlo… Se aggiungete che il mio stile di ballo ricordava quello di una foca (alticcia), potete farvi un'idea della situazione.

Erano feste dolciastre, che attraversavo come in apnea, con l'unica consolazione che non si ripetevano piú di un paio di volte al mese.

Per il resto, potevo condurre una vita parallela, non ballando ma marciando al ritmo degli Inti-Illimani.

Piú subdole e, letteralmente, difficili da digerire, erano le abitudini alimentari adottate in massa dalla componente femminile della *compagnia* (si diceva cosí, *compagnia*, e non averla era un guaio). Grasse o magre, erano tutte perennemente a dieta, alternando, con cadenza piú o meno quindicinale, quella della frutta, la Weight Watchers, a zona, a punti… Non ho mai scoperto quali fossero i criteri di scelta, certo la dieta non era messa democraticamente ai voti. Non seguirla sarebbe stato considerato eccentrico, mentre non lo era infrangerla, anzi, si veniva incoraggiate a farlo, purché lo si facesse tutte assieme. Questa trasgressione di gruppo, utile immagino a cementare amicizie e alleanze, si consumava ritualmente in pasticceria, tra meringhe e bignè al cioccolato. Ma un bel panino salsiccia e crauti no?

No. Avevo, certo, dei momenti di rigurgito d'orgoglio, in cui mi dicevo che tutte non avevano fatto altro che sostituire se stesse alle bambole con cui avevano giocato fino a poco tempo prima. Ma avevo anche momenti di scoramento, mi sentivo goffa e inadeguata. E non era una bella sensazione.

Ma è inutile farla lunga: almeno una volta, a tutti è capitato di essere adolescenti. E prima o poi se ne esce. A me è successo tutto d'un colpo, causa e pretesto un copriletto (per amore di precisione: un copriletto con cuscini coordinati).

Era un martedí di febbraio, studiavo a casa di una compagna di scuola. Non proprio una mia amica, sospetto la frequentassi perché farlo rappresentava una sorta di *upgrading* all'interno del gruppo (*oops*: della compagnia). Benedetta infatti era una tipa tutta giusta. Carina ma non appariscente, né asina né secchiona, sorridente ma non sguaiata, guardaroba pieno di cosucce graziose, qualche fidanzato e qualche pena d'amore da confidare... In una parola: perfetta. In seguito, ne ho incontrate altre di persone fatte cosí, confezionate su misura per il ruolo che interpretano, ma al tempo l'insieme risultava quasi miracoloso.

Animata dalle migliori intenzioni, mentre ero con lei mi ero comportata come ci si aspettava che mi comportassi: chiacchierato un po', guardato con il giusto entusiasmo la sorellina minore (una mocciosa di sette anni), infranto la dieta a suon di panna montata, e tirato fuori con fare svogliato i libri di testo. Ma prima che iniziassimo a studiare, Benedetta mi ha detto eccitata che doveva farmi vedere una cosa, una cosa bellissima, non poteva aspettare. E a quel punto ha tirato fuori il suddetto copriletto, ancora mezzo incartato, che la mamma le aveva appena regalato. Sono rimasta a bocca aperta: la base, farei meglio a dire lo sfondo, era un ammasso di fiori rosa e giallo pallido. Ma quello che superava ogni possibile immaginazione è che da quel giardinetto ameno facevano capolino paperette, coniglìette e orsacchiotte, tutte in ghingheri, fiocco tra i capelli e scarpe rosse con il tacco. Ho preso al volo i miei libri, infilato il cappotto e forse farfugliando una scusa, o forse no, me ne sono andata. Nell'androne, ho fatto un lungo respiro e mi sono messa in strada, ma non prima di aver mollato lí, in quell'androne, avvolti in un unico pacchetto, le feste, i colori pastello, le diete e i pasticcini. Me li sono sfilati con il sollievo che si prova quando ci si sfila un paio di jeans troppo stretti (esercizio in cui avevo una certa esperienza, visto che quando li compravo per riuscire a prendere una taglia in meno mi sdraiavo nel camerino pur di chiuderli).

Fuori era carnevale, la strada piena di coriandoli, l'inverno stava per finire.

Quel giorno, tutto d'un tratto, credo di essermi resa conto che era molto piú bello decidere da me cosa mangiare, come vestirmi, come ballare. Ci ho poi preso cosí gusto a farlo che non ci rinuncio piú, anche a rischio di sconfinamenti che possono risultare un filino maniacali, come certi amici puntualmente mi fanno notare. Anche nelle piccole cose, voglio decidere da me. Ad esempio, all'Esselunga divento molto nervosa quando la persona che mi sta davanti alla cassa mette la sbarretta «cliente successivo» al posto mio. Perché è una cosa che ci tengo molto a fare personalmente. Voglio dire: a me piace aspettare che il nastro si liberi di almeno trenta o quaranta centimetri. A quel punto, e non un attimo prima, appoggio il cestello sul bordo, prendo la barra e la posiziono a circa dieci centimetri di distanza dalla spesa che precede la mia; a partire da quel momento posso disporre con calma i prodotti, nell'ordine che preferisco (prima quelli pesanti, poi quelli leggeri, poi il vetro). Ma non sempre le cose vanno cosí lisce: c'è gente infatti che quando ha posato tutto ritiene quasi suo dovere mettere la sbarra. Certo potrei anche spostarla, ma mi sembrerebbe di fare uno sgarbo, manco volessi far notare la prepotenza di quel gesto (il che peraltro sarebbe la pura e semplice verità). E allora faccio finta che non m'importi, anche se in realtà m'importa eccome, e ci resto un po' male. Per questo, quando la signora che sta prima di me sta per finire di vuotare il suo carrello (non so perché ma sono le donne il pericolo maggiore, gli uomini al supermercato sono cosí spaesati che non ci pensano neppure a fare due cose insieme), comincio a guardarla con ansia e cerco d'immaginare quale sarà la sua mossa. La prenderà la sbarretta o la lascerà in pace lí dove deve stare, nella canalina? È tutto un problema di galateo. Se indossa un tailleur, le probabilità che vada fino in fondo, che metta lei la barra, sono altissime, un po' come dicesse: da qui a qui il nastro è mio. Ma io lo penso davvero che uno può accampare diritti di proprietà sul nastro solo per il pezzo che lo riguarda, e non arrogarsi il privilegio di decidere dove deve iniziare la giurisdizione di chi sta dietro. Io almeno non lo farei mai. Se invece di fronte a me ci sono dei jeans e un paio di sneakers di solito le cose evolvono positivamente. È evidente che le loro proprietarie sono meno manipolatorie e perlopiú lasciano che il mondo, ossia il nastro, proceda per i fatti suoi.

P.S. Lo so che in genere la gente a queste cose non ci fa caso, ma io sí. E so anche che non dovrei dirlo, perché non ci faccio una gran bella figura. Ma che piacere dirlo.

Viola era un caso a sé. Perché lei non giocava alle signore, lei era una signora fatta e finita. Dava l'impressione di aver già sistemato tutto quanto necessario al riguardo, e se mai strada facendo qualcosa le fosse mancato, avrebbe fatto in fretta a procurarselo. E poi di certo non aveva copriletti insulsi.

Aveva messo a punto un suo personale piano di studi cui si atteneva con scrupolo e disciplina, non sarebbe mai finita fuori corso. E la tranquilla sicurezza con cui elaborava il suo progetto era qualcosa di fisico, di tangibile: tra un flirt, una sciata e un golfino d'angora rosa (di Sem), si muoveva come si muove chi sa cosa significa avere un baricentro.

Niente allora poteva sembrarmi piú distante e meno comprensibile, tuttavia il mix di grazia e caparbietà con cui perseguiva i suoi obiettivi (di vita? di lavoro?) m'incuteva rispetto, e anche un po' (non tanto, ma un po') di simpatia. E a dispetto dei giudizi meschini e poco lusinghieri con cui al tempo mi compiacevo di liquidare chiunque la pensasse in modo diverso dal mio, non sono mai stata sfiorata dal dubbio che Viola non fosse intelligente. Quindi, riassumendo: Viola era bella e intelligente.

E questa convinzione mi è rimasta incollata addosso, anche quando ho perso le sue tracce. Anzi, nel tempo si è accentuata. Piú mi allontanavo negli anni e mi addentravo dentro la mia vita, piú la sua, di vita, prendeva le sembianze di un'icona. Rivedevo tutte noi, impigliate in un groviglio di ormoni e sbalzi d'umore, ogni volta un po' piú piccole e un po' piú stupide, mentre lei si ergeva e procedeva sicura, sorridente, tranquilla. Incurante del principio di realtà, avevo costruito un personaggio nel cui patrimonio genetico c'erano la pubblicità del Mulino Bianco, Isabella Rossellini, Benedetta Parodi e, appena un passo piú indietro nel processo evolutivo, la Madonna di Fatima.

Era su questa immaginetta per la verità non troppo eccitante che, mentre armeggiavo con il polipo, stavo appiccicando come post-it le frasi sparse di cui sopra, che nel tempo erano entrate e uscite da casa mia come folate di vento innocue e incolori.

Fare un menú è come scrivere una storia, diceva mia nonna nonché maestra di cucina. E io, che storia posso raccontare a una donna che ha studiato da donna?

Gioco in casa, dunque mi prendo il vantaggio d'immaginare come cucina lei. Me la immagino seduta con un gruppetto di amici intorno al lungo tavolo della cucina, quello da refettorio di cui mi hanno parlato. La cena è informale, ma curata nei dettagli. Tradizione, fantasia e una scorzetta di eleganza. Il tutto amalgamato con leggerezza. Nulla di sciatto e nulla di sfacciato, un menú rassicurante ma non noioso, di quelli che confinano a est con *Il talismano della felicità* e a ovest con «La cucina italiana». Aspic di pollo, tagliolini allo zafferano con gamberetti e fiori di zucca, brasato al vino bianco, carotine e cipolline in agrodolce, bavarese alle fragole o gelato al mandarino. Ma forse cosí è troppo, tolgo l'aspic di pollo, che tanto non mi piace.

Devo andare su un altro terreno, se gioco sul suo ho perso in partenza. Gli ingredienti, conviene sempre partire da qui. Le frasi, ovvero i piatti, arrivano da sole e si accordano sulla punta della lingua: ero partita da un polipo, mi ritrovo in Medio Oriente. Tzatziki, shepard's salad, cous cous... Per finire, fichi al forno con spezie e alloro. C'è tutto quello che mi piace e che voglio far sapere. L'estate, i viaggi, la libertà, i sapori intensi, la semplicità, la curiosità... Fresco, estivo, originale quanto basta. Sono piatti ponte questi, che se ne vanno a zonzo per il Mediterraneo profumandolo di spezie, e mi pare dicano qualcosa di me (o meglio: di quello che vorrei si dicesse di me), della mia passione per i sapori, dell'euforia dello zenzero, di come mi piacciano le relazioni semplici e speziate. Sono piatti ponte ed è un ponte quello che io voglio attraversare stasera.

Fare la spesa d'estate è divertente, esco nel pomeriggio piena di ottimismo e buone intenzioni, piú che pronta ad avviare il casting dei vegetali: cetrioli, cipollotti, menta, peperoncini verdi, pomodori, fichi, alloro, prezzemolo, limoni, una radice di zenzero. Come vino, un rosé di Provenza. Ho già l'acquolina in bocca.

Faccio svelta a cucinare, gli ingredienti che ho tra le mani piú che preparati devono essere ascoltati, è una cosa che mi riesce bene, con il cibo piú che con le persone. Quando Viola suona il campanello non resta nulla da fare.

Ha i capelli ancora umidi di doccia, jeans comodi, infradito con le conchiglie, una camicia leggera color cenere. Forse un filo di mascara, o forse le sue ciglia sono cosí per natura, una bottiglia di Prosecco in mano e gli occhi che ridono. Ancora una volta mi stupisco di quanto è bella.

Iniziamo a parlare nello stesso tempo, ci diamo sulla voce, ci raccontiamo un sacco di cose, lo facciamo alla rinfusa, saltellando da una frase all'altra, parlando del palo e parlando della frasca, brindando e sbocconcellando un po' di focaccia. Il chiacchiericcio diventa piú intenso, come a scuola durante l'intervallo le domande si accavallano e restano senza risposta.

– È da molto che vieni qui? Strano che non ci siamo mai incontrate.

– Tu non hai figli, vero? Lavori molto?

– Hai provato il nuovo pastaio? Fa delle ottime lasagne al pesto.

– Fai sport?

– Domani ci sono i fuochi, abbiamo organizzato una grigliata sulla spiaggia, se hai voglia…

– Tra un paio di giorni arriva mia madre, spero non passi le giornate a pulire la casa e criticare.

– Come sta tua sorella? Cosa fa?

– Quando ti sei trasferita? Ti trovi bene?

– Fidanzati?

– Ormai, se non metto la crema solare mi vengono le macchie sulla pelle.

– Cosa stai leggendo?

Dalla terrazza, si vede il mare. E intanto si è fatta l'ora di portare in tavola il mio, di mare, quel Mediterraneo da assaggiare e da annusare. Mi suscita una passione incondizionata, questo mare cosí piccolo e cosí pieno di storie e di luoghi. Di odori e di sapori: da mangiarselo, appunto. A volte, mi ritrovo a cercare i suoi profumi come altri cercano quelli dell'amato nelle pieghe di un maglione dimenticato.

Che bello vedere come mangia Viola, con piacere e con calma. Forse è il vino, forse le candele, a un certo punto le parole cambiano passo, si fanno meno eccitate e piú tranquille, come i bambini la sera, quando non hanno ancora sonno ma hanno smesso di correre e se ne stanno lí, dentro i loro pigiamini, ad ascoltare i discorsi dei grandi.

– Sei bella, sei piú bella adesso di un tempo, – le dico.

– Forse, – dice come tra sé, ma senza autocompiacimento. – Sono piú spensierata oggi di quanto lo sia mai stata. Ogni tanto penso di essere cresciuta al contrario, – ride.

– Avrei detto che eri nata cresciuta, tu. L'unica adulta che frequentava la scuola. Non è che ti è capitato qualcosa di strano? Un viaggio in India, una sbandata per l'istruttore di ginnastica?

– Purtroppo o per fortuna niente di simile. È che credo

siano cambiati i miei obiettivi. Cambiati da soli, intendo, senza che io lo volessi. Anzi, per essere precisi si sono semplificati. Per tanto tempo, mi sono impegnata strenuamente perché volevo essere felice. Non volevo fare la fine di mia madre.

(Questa mi giunge nuova).

– Alla fine, forse ero anche felice, ma sempre preoccupata di essere felice. Era come un impegno di lavoro. Non mi concedevo pace. Cioè, voglio dire, non fraintendermi, non volevo una vita diversa. Mi andava bene la mia, ma volevo aggiustare le cose che non funzionavano, sai, le piccole infelicità, le frustrazioni. Era stupido, ero convinta di poterlo fare, almeno per quanto riguardava la mia vita. La botte piena e la moglie ubriaca: perché no? E in effetti, piú o meno ci sono riuscita. Ho una bella casa, dei figli simpatici, io e mio marito non solo ci vogliamo bene e ci rispettiamo, ma stiamo bene insieme. E ogni tanto facciamo sesso. Anche dal punto di vista economico sono tranquilla. Certo un po' di fortuna l'ho avuta, ma ci ho messo del mio. Per anni, non mi sono mai distratta da quello che volevo, anche se ogni tanto era faticoso, anche se ogni tanto avrei voluto dimenticarmene. Hai presente i tre porcellini? Ecco, io sono quello che ha costruito la casa di mattoni. Ma anche il porcellino saggio avrebbe voluto divertirsi. Invece lavorava mentre gli altri giocavano. Non solo perché era piú previdente, non poteva perché *era fatto cosí*, era la sua natura.

Mi chiedo se è il caso d'interromperla portando i fichi, ma lascio perdere.

– Ti faccio solo un esempio. Quando frequentavo l'università, la storia con Francesco, mio marito, era appena iniziata e procedeva tra alti e bassi, io ero legata al mio mondo, avevo paura di trasferirmi, lui aveva paura d'impegnarsi, come tutti gli uomini. In quel periodo ho conosciuto un ragazzo inglese, andavo da lui per fare un po' di conversazione. Era bello e affascinante, è sempre cosí in questi casi. Tra noi era nata non proprio una storia, ma qualcosa che si avvicinava a una storia, lunghe camminate, grandi discorsi, qualche bacio. Lui aveva in programma di ripartire a fine semestre, per insegnare inglese in Estremo Oriente. Mi aveva chiesto di raggiungerlo durante l'estate, potevamo fare un giro insieme in Giappone. E io naturalmente non ci sono andata, perché naturalmente mi sembrava una perdita di tempo. E sí che anche il paese m'interessava, al punto che per un paio d'anni avevo pure studiato giapponese. Sia chiaro, non rimpiango lui come amore, non era il mio tipo e non lo sarebbe mai stato, rimpiango di non essermi presa il tempo per guardare, guardare qualcosa che non stava nel paesaggio che avevo coscienziosamente recintato.

Cerco di mettere a fuoco le emozioni che prova mentre parla, non è facile decifrarle. Non c'è rimpianto, questo no, e neppure distacco, si sente che sta parlando davvero in prima persona. C'è concentrazione, c'è... partecipazione, ecco cosa c'è. E affetto. Come se esistesse davvero una ragazzina che un bel giorno se ne è andata in Giappone e ora fosse a tavola con noi, e lei fosse davvero felice di rivederla e contenta di sentire che la sua vita laggiú, dall'altra parte del mondo, è stata una bella vita.

Vado a prendere i fichi, anche perché non saprei bene cosa dirle. Cioè, cosa aggiungere.

Potrei raccontare di un film che ho visto da poco, *La sposa promessa* mi pare sia il titolo. È di una regista ebrea, americana, che torna in Israele e diventa ortodossa, o si converte, non so come si dica quando uno è già ebreo e decide di diventarlo ancora di piú. Comunque, comincia a vivere secondo le regole rigide della religione. Uomini coi basettoni, copricapi vari, feste, digiuni, rabbini: il film è girato in quell'ambiente. Racconta di una ragazza giovane che deve sposarsi con un uomo che ama, o almeno cosí crede, ma per un insieme di ragioni ha anche molta paura, di amarlo e di sposarlo. Il film è bellissimo, grande regia, belle immagini, bravi attori: difficile che un film riesca a raccontare cosí bene dei sentimenti quasi invisibili. E non è neppure noioso, nel corso della storia succedono un sacco di cose: litigi, riconciliazioni, suspense, insomma viene voglia di vedere come va a finire, non come quei film francesi che andavano di moda un po' di anni fa e che guardavi solo perché cosí bisognava fare, anzi dire. Eppure, quando sono uscita dal cinema, non mi è rimasto niente. E non è una cosa che mi capita spesso. Io vado al cinema da sola, di solito la domenica pomeriggio. Quando esco, mi piace non avere nessuno intorno, posso stare ancora un po' nella storia, salutarla senza fretta. Eppure quella volta no, volevo solo entrare in un bar, meglio se rumoroso e meglio se pieno di gente. Perché quel film, per quanto bello, era claustrofobico: non c'era sentimento, emozione, abito, parola che potesse vivere fuori da quel mondo, fuori dai recinti della religione e della tradizione.

Ma non posso dire niente di tutto questo a Viola, potrebbe fraintendermi. Io stessa mi sto fraintendendo.

Torno con i fichi al forno (li ho assaggiati in cucina: la ricetta va perfezionata) e le verso un altro bicchiere di vino. Non sono abituata a rimanere a corto di argomenti, e infatti:

– Qualche tempo fa ho letto che da qualche parte, credo in Inghilterra, gli uffici degli oggetti smarriti conservano le cose per nove mesi. Dopodiché, se nessuno è passato a reclamarle, le buttano, o le regalano, insomma se ne disfano. Mi sembra una bella cosa, questa di dare un tempo al ritrovamento. In fondo, ci mettiamo nove mesi a venire al mondo, è bello pensare che abbiamo lo stesso tempo per ritrovarci. Se per nove mesi una cosa non ci è mancata, difficile ne avremo ancora bisogno. E se proprio succederà, ne compreremo una nuova.

– Mio figlio, Andrea, sai, da un po' di tempo si è fissato con la chitarra.

– Sí, lo so, me lo ha detto Sara, o forse Barbara, non

ricordo. È bravo, vero? (era Nicoletta che me lo aveva detto, quella che lavora in una casa di produzione musicale, mi è venuto in mente dopo).

– Sí, appunto. Ora ha appena finito il liceo, abbiamo trovato un liceo musicale cosí che potesse fare entrambe le cose, adesso ha passato la maturità e vuole andare a studiare musica in Inghilterra. Per me non è un problema ma per mio marito lo è. È terrorizzato: non riesce a vederlo se non semidisoccupato, in giro per discoteche di provincia, probabilmente drogato. Fino a poco tempo fa io avrei cercato di mediare a ogni costo, come ho fatto trovandogli la scuola, sarei probabilmente andata in Inghilterra, avrei proposto scuole estive, lezioni private, tutto pur di tenere insieme tutto. E invece ora mi sono detta, sai che c'è? Che se la vedano loro! In fondo, se Andrea lo vuole davvero, conquistarselo non può che fargli bene, e Francesco dovrà fare qualche ritocco alle sue convinzioni. E se no, va bene lo stesso... Lo so che è una piccola cosa. Ma per me è importante. È come se mi fossi resa conto che potevo bastare a me stessa, che non c'era poi questo gran bisogno di mettere continuamente in ordine tutto quanto mi sta intorno, casa, lavoro, famiglia...

Allontano una foglia d'alloro che si è appiccicata al fico che ho nel piatto, la spingo sul bordo.

– Ho intuito che qualcosa era cambiato pochi mesi fa. Ero a Berlino, la città era piena di primavera. Io non ho mai avuto nostalgia dei miei vent'anni, forse un po' dei trenta, ma neanche troppo, almeno fino a ora.

«A chi lo dici...» (ma non lo dico, lo penso).

– Però mentre ero lí mi è successa una cosa che mi ha fatto venir voglia di tornare indietro, una di quelle cose che dici accipicchia!, vorrei averla fatta anch'io. Era sera, sul tram, stavo tornando a casa dell'amica che mi ospitava. Non era tardi, credo appena le nove. Sul tram sono saliti tre ragazzi, un lui e due lei. Erano vestiti in modo abbastanza normale, jeans, anfibi, felpa, una aveva qualche treccina colorata, ma non erano punk, hippy, metallari… Erano ragazzi normalissimi, avrebbero potuto essere i miei figli. E in modo altrettanto normale, anzi normalissimo, portavano un divano. Voglio dire, lo facevano cosí, senza farci caso, semplicemente, come a dire: qualcuno porta la spesa, qualcuno un passeggino, qualcuno una valigia, noi portiamo un divano. Era un po' piú ingombrante, certo, ma non piú esotico. Infatti l'hanno appoggiato lí, vicino al distributore di biglietti, e hanno ripreso a parlare come se niente fosse. Parlavano in tedesco, quindi non so cosa si stessero dicendo, ma sono pronta a scommettere che era qualcosa che aveva a che fare con gli esami, i genitori che non capiscono niente, dove passare la domenica…

È vero, il divano era leggero, di quelli che i cataloghi dichiarano due posti e poi bisogna mettersi a dieta, per usarlo in due. La struttura non era certo di legno massiccio, loro mica erano muscolosi. Però, insomma, io non ho mai portato in tram un divano come fosse la borsa dell'Esselunga, e in quel momento ho capito che questa è una cosa che mi manca.

E mi spiace averlo capito solo adesso, perché se adesso provassi a portare un divano sul tram, mi verrebbe il colpo della strega.

Credo di capire con esattezza quello che mi sta dicendo, ma rispondo con una cosa che non c'entra.

– Mi fai venire in mente i quadri di Magritte. Anche lí, quello che stupisce non sono i singoli pezzi che li compongono, che anzi sono dipinti in modo molto dettagliato e preciso. Molto tradizionale. Quello che lascia interdetti sono gli accostamenti incongrui: un bosco di notte sotto un cielo azzurro, omini vestiti di tutto punto che cadono come gocce di pioggia, una mela verde che prende il posto di un naso… Ma lui tutto questo lo faceva per stupire, quei ragazzi invece lo fanno senza secondi fini, lo fanno perché a questo servono i tram: trasportare, cose e persone.

Ripenso che una scena simile, protagonista un divano,

l'ho già vista, anzi letta. È alla fine di un libro di Brautigan, uno scrittore americano che mi piace molto, e che per un insieme di circostanze sfortunate nessuno conosce. Nel suo racconto, se ben ricordo il titolo è *American Dust*, verso la fine c'era una coppia, credo di mezz'età, ma non sono sicura neppure di questo, che prendeva il salotto di casa, il divano appunto, ma anche una poltrona, un paio di tavolini e forse un paio di soprammobili, lo caricava su un furgoncino e poi lo portava in riva a un lago. Quando tutto era sistemato a dovere, si sedevano tranquillamente, come se traslocare lí un salotto fosse la cosa piú normale del mondo, e invece che accendere la televisione tiravano fuori le canne da pesca. Mi affascina quest'idea di divani che se ne vanno a zonzo, ma non voglio divagare ancora, dunque sto zitta.

Resta giusto il tempo per un ultimo brindisi, per salutarci e prometterci che ci rivedremo presto, anche se sappiamo entrambe che sarà difficile.

Riviera marchigiana, inizio autunno.

Alle undici del mattino di un inizio ottobre la spiaggia è deserta. Giusto una coppia di anziani che passeggiano lentamente, senza parlarsi, e un signore con un cane cui lancia dei rami. Il cane li rincorre, poi li riporta, lui rilancia, e cosí via, seguendo la battigia. Viola appoggia la bicicletta e fa due passi sulla spiaggia. Chissà perché, si chiede, in ottobre la spiaggia si svuota. Fa ancora caldo, l'acqua è limpida e tiepida, anche la sabbia sembra piú pulita. Ad aprile, pensa, quando pure fa piú freddo, è tutto un pullulare di attività. Turisti stranieri con ombrelloni e creme da sole, ragazzi eccitati che si buttano in acqua per poi uscirne ululanti e intirizziti, ma gongolanti di orgoglio, come avessero vinto una gara, coppiette che si baciano, lui a torso nudo e lei con maglioncino, bambini che corrono, i primi venditori ambulanti. Sono le prove generali dell'estate, cosí come ora lo sono dell'inverno. Tanto meglio, a lei il mare piace cosí. Piú che qualcosa da utilizzare, lo sente come una cosa da respirare.

Da qualche settimana ha ripreso a insegnare: poche ore, in un istituto privato, ma è contenta. Le sembra di aver riannodato qualche filo, seppure part-time. E poi le piace il rapporto con i ragazzi. Per loro prova le stesse preoccupazioni che nutre per i suoi figli, solo sparpagliate su facce di cui non conosce ancora le storie. Troveranno un lavoro? Un amore? Un baricentro? Gli andranno via i brufoli?

E c'è un'altra cosa che le piace: avere dei colleghi. Colleghe a dire il vero: su tutto il corpo insegnante, solo due sono uomini. È un'esperienza nuova: chiacchiericcio, discussioni, proteste, molte proteste, dubbi, segnalazioni di problemi con questo o quell'alunno, racconti di mariti e di figli e di case che non conosce.

Solo con una di loro è nato un rapporto che è uscito dalla scuola, Giuditta. Già il nome la diverte, reperto archeologico di un mondo scomparso come Pompei. Ha studiato astrofisica, aveva uno strano progetto di coniugare ricerca scientifica e storia dell'astrologia, ma poi non se ne è fatto nulla e ora insegna scienze in attesa di tempi migliori. Vive da sola, a parte ovviamente un gatto, un tipo cosí ha bisogno di un gatto, è chiaro. Il gatto, che è una gatta, si chiama Sandra, «Come una mia amica d'infanzia, – le ha spiegato. – Andavamo al parco, o a giocare in piazza, ma lei, una volta arrivate, si sistemava su una panchina e restava lí, ferma, anche per ore. Non stava affatto male. Era pigra».

Oltre a Sandra, in casa ci sono un sacco di piante, brutte quanto rigogliose. E molta polvere e molti libri. È una casa piena in tutti i sensi. Una cucina piena di tisane e spezie, una camera con un divano pieno di cuscini, un'altra camera piena di riproduzioni di ogni epoca di mappe del cielo. Non c'è nulla che le piaccia in quella casa, ma l'effetto d'insieme è come un guscio, e Viola ci sta bene. È una casa declinata alla prima persona singolare femminile, la prima in cui a Viola sia capitato di entrare. Non ha molta esperienza in fatto di amicizia tra donne; sí, certo, ne ha frequentate: ma piú che amiche erano mogli, madri. In cucina, davanti a un samovar pieno di tisana allo zenzero e cannella, hanno cominciato a parlare. Si sono raccontate un po' della vita che hanno fatto e qualcosa di quella che fanno. Viola le ha accennato a come si sente cambiata da qualche tempo a questa parte. Le ha detto che aver ripreso in mano qualche filo della sua vita precedente, di quando non era ancora compresa nel ruolo di moglie e di madre, non solo le sta piacendo, ma le ha reso molto piú simpatico anche tutto quello che ha fatto. Non è stato subito cosí. Anzi, all'inizio si era spaventata. Temeva che tutti quei pensieri rischiassero di portarla troppo lontano, o, peggio ancora, di portarla indietro. Vedeva lo squallore delle vite di quelle donne che inseguono goffamente – quando è tardi – qualche sogno di gioventú, un ragazzo, un viaggio, un'esperienza diversa. E si ritrovano sgraziate e disilluse a portare a spasso gli abiti della loro età, a testa bassa, come chi si vergogna. Di questo Viola aveva paura, ma non è stato affatto cosí. L'ha detto a Giuditta. *Piú che il retrogusto amaro delle scelte, hai imparato a sentirne il gusto*, ha sentenziato l'amica con il tono di un oracolo cinese. L'ha pronunciato cosí ma ha parlato con cognizione di causa. Poi ha ripreso a parlare Giuditta, ha vissuto qualcosa di simile, racconta, quando ha rinunciato alla ricerca in cambio di un posto da insegnante e di quel piccolo appartamento in una città di provincia. Lí dentro ha trovato piú pace di quanta le stelle potevano darle. E le sta bene cosí.

Viola è stupita dalla velocità con cui si sono parlate di questioni cosí personali. Si rende conto che è dagli anni del liceo che non ha piú davvero delle amiche. Mogli, madri, colleghe, questo sí, ma amiche no.

Il ristorante dello chalet – è cosí, con questo nome preso a prestito dalla montagna, che si chiamano da queste parti gli stabilimenti balneari – si è animato. È uno dei pochi che resta aperto tutto l'anno, e si mangia pure un buon pesce. Dietro le vetrate, due cameriere di un biondo che solo l'Europa dell'Est può produrre, stanno preparando i tavoli e parlano fitto. Chissà come si trovano, qui.

Viola si rende conto che è quasi ora di pranzo. Deve sbrigarsi, ha ancora tutti i compiti da correggere e poi alle cinque arrivano i ragazzi, addio pace. Le piacerebbe mangiarsi un kebab *al volo*, come fanno le sue colleghe. Ma c'è sua mamma a casa, e le tocca tornare. È venuta per un ciclo di fisioterapia, doveva fermarsi quindici giorni, ma poi la cosa le è piaciuta, ha deciso di prolungare. Anche perché, Viola lo sa che è questa la ragione, facendo ginnastica si è fatta delle amiche con cui gioca a burraco e fa un sacco di altre cose. Non le dispiace averla in casa, ma è comunque un impegno. Anche il pranzo, è diventato un affare di stato. Si offre di cucinare, certo, ma poi lei deve mangiare tutto quello che ha preparato, altrimenti si offende. Allora prepara lei, ma questo significa preparare qualcosa davvero, non le basta certo un'insalata e un po' di frutta. E poi, con il passare dei giorni, anche il suo atteggiamento in casa è cambiato. L'altro giorno ha discusso per un'ora cercando di convincerla a cambiare le fodere del divano. Non ha ceduto, ma non è stata una passeggiata. Ieri ha insistito per pulire e rimettere in uso le ampolle per l'olio e l'aceto con il manico d'argento, residuo della lista di nozze. Viola l'ha lasciata fare, anche se preferisce avere le bottiglie sul tavolo, quelle con l'etichetta del produttore. Insomma, piú passano i giorni piú prende confidenza.

Rassegnata, è rientrata a casa, ha preparato una crema di zucca e un'insalata di carciofi e parmigiano, le sembra che possa bastare. La madre arriva tutta allegra, piena di scorte di cibo: derrate alimentari per una settimana, pensa Viola mentre l'aiuta a mettere in frigo. Poi pensa al piccolo appartamento del piano terra. È sfitto da due mesi e ora che lei lavora potrebbe anche rinunciare a quella piccola entrata e sistemarlo per la mamma. Lí potrebbe scegliere le fodere del divano che preferisce e usare anche tre oliere. E starebbero vicine senza calpestarsi.

Studio della dottoressa Orsetta Nigroni Merri

– Buongiorno dottoressa.

– Buongiorno. Vediamo di non perdere tempo. Quante calorie è riuscita a ingurgitare in questo capitolo? Ho appena iniziato a leggere e lei si è già fatta fuori una pasticceria e un panino con salsiccia e crauti.

– Ma quello non conta, sono passati un sacco di anni.

– Conta, conta. Il corpo non dimentica. Il corpo conserva. Cerchi di tenerlo bene a mente, emmepi.

E dagliela.

– Almeno le è servito a qualcosa, mangiare tutta quella roba?

– Oh, questo certamente sí.

– Avrebbe anche la cortesia di dirmi a che cosa o pensa di essere capitata nello studio di un'indovina?

– No no, glielo dico subito cosa mi ha fatto capire. Primo: i dolci non mi piacciono mica tanto. Secondo: il problema non è essere carne o essere pesce, in fondo io e Viola siamo molto diverse, ma va benissimo cosí. Il fatto che a nessuna delle due venga neanche in mente di voler scambiare la vita che fa con quella dell'altra non vuol dire che non possiamo andare d'accordo e avere piacere d'incontrarci. Il problema è quando non si è né carne né pesce, come ero io durante l'adolescenza.

– Credo di aver sopravvalutato, e di molto, il suo quoziente intellettivo. Sarà una terapia lunga, molto lunga. (Segue un respiro costernato, che a me sembra un rantolo).

– Ma lasciamo perdere, mi dica del polipo e ammennicoli vari. Prima di tutto, perché ha voluto fare un menú cosí stravagante?

– A essere sincera, credo che l'idea iniziale fosse dimostrarle qualcosa, stupirla. Viola intendo, non lei. Pensavo, l'ho scritto, che fosse una di quelle che mangiano il brasato al vino bianco e che la sua fosse, sa, La Cucina degli Italiani, – scandisco le ultime parole per far sentire la presenza delle virgolette, caso mai le fosse sfuggita la citazione (non mi è mai piaciuto chi sfarfalleggia con le dita in aria come a disegnarle virtualmente).

– E mi lasci indovinare, questi per lei sono difetti, anzi: peccati mortali!

– Certo che lo sono! (ma dove vive questa? Saprà almeno che esiste Slow Food? Legge mai *Dissapore*?)

– Vogliamo cercare di stringere?

– Certo. Anche perché c'è un'altra ragione per cui ho scelto quel menú. A dire il vero, mentre ci pensavo, non avevo in mente tutto il Mediterraneo, avevo in mente Istanbul, avevo mangiato qualcosa di simile l'estate precedente. E come sa Istanbul è un ponte, geografico ma anche metaforico tra Oriente e Occidente, tra culture diverse, persone diverse, donne velate donne non velate... Ok, ho capito, arrivo al dunque: volevo anch'io costruire un ponte. Un ponte tra me e Viola, e pure un ponte tra me e quella ragazzina che aveva mollato tutto alla vista di un copriletto, un martedí di febbraio. Per assolverla o mandarla definitivamente al diavolo. Ma poi il ponte l'ho costruito tra Viola e un'altra ragazzina, una che se ne è andata in Giappone. Avrà mangiato sushi per anni, poverina, ma per il resto anche a lei la vita non è andata mica male. Insomma, a tavola eravamo in quattro, quella sera. Ma è andata bene cosí, lo dice anche la mia editor che non devo guardarmi troppo dentro, devo guardare fuori.

– Editor? e che sarebbe?

– È una che fa piú o meno il suo mestiere, solo che fa dimagrire le pagine invece dei fianchi. Mette a dieta la scrittura.

– Lei dovrebbe imparare a pensare con la testa invece che con la bocca. Il suo fisico ne guadagnerebbe, e io non dovrei ascoltare tutte queste sciocchezze. Se quello era lo scopo, non poteva invitare quella ragazzina, e l'altra ragazzina, e anche Viola, tutte insieme appassionatamente, a fare qualcos'altro? Che so, un giro in libreria, in fondo in tutto il capitolo a parte mangiare avete letto solo *Siddharta*, non crede ci siano libri migliori? O portarsele a fare un viaggio, in una città d'arte. Non si occupa d'arte lei? Non dico un concerto, che quanto a gusti musicali siete senza speranza, ma almeno un quadro impressionista? Anzi, una di quelle belle donne anoressiche di Schiele, ecco cosa le farebbe bene vedere.

– Vero, certo, ma non sarebbe cambiato molto. Mica si può leggere o andare al museo a stomaco vuoto...

– Lei non ha bisogno di una dietologa, lei ha bisogno di una *life coach*. Certi comportamenti non si possono correggere, vanno estirpati.

Mi sembra quasi che abbia il fiatone, ma forse è solo un'impressione. Infatti non ha ancora finito.

– E poi che cos'ha contro il sushi?

– Niente, è che mi pare un cibo da ospedale. Lo sa che nell'antico Giappone i maestri che officiavano la cerimonia del tè pare rompessero le tazzine di porcellana per poi ripararle, prima di usarle? Secondo loro, dopo erano molto piú belle. Mi piace l'idea che il segno di una frattura e della sua ricucitura per qualcuno sia un pregio. In fondo, imparare a far passare gli anni significa proprio questo, imparare a convivere con le fratture, ripararle, lucidarle fino a renderle belle. Chissà, magari è per questo che quella cena a quattro è stata cosí piacevole...

– Se continua a mangiare, piú che di fratture dovremo parlare di smagliature. Bisognerà avviare un lavoro radicale sul suo apparato digerente. Il suo stomaco allo stato attuale è un pensionato sovrappeso, chiamiamolo Gaspare, nato a Palermo nel 1932, emigrato nel 1959, prima in

Germania e poi in Veneto, che ogni tanto sente il richiamo della giovinezza perduta, anzi: piú che il richiamo l'urlo, fa finta di avere ventidue anni. Il suo fegato, Gino, gestisce un'Hostaria a Frascati, piú che grasso è obeso, all'intestino preferisco non pensare: è come un circuito di formula uno noto piú per le morti che per le gare ospitate. Insomma, un disastro. Voglio che diventino come una comunità monacale, lo stomaco come il Dalai Lama, efficiente, sorridente, calmo, pacato. E gli altri sono i suoi monaci, seguono i suoi ritmi in preghiera. Insomma, c'è parecchio lavoro da fare: bisogna trovargli un altro nome, altre date di nascita: insomma una nuova identità, come si fa con i collaboratori di giustizia. Difficile immaginare una strategia.

– Parla di loro sempre cosí?

– Certo: dovrebbero essere i nostri migliori amici.

– Sarà (non sono perplessa: sono sbaccalita).

– Per ora comunque preferisco iniziare con una depurazione, come fosse un lavaggio rituale, in fondo c'è sempre da qualche parte un lavaggio, nelle fedi. Poi, molto poi, dopo alcuni passaggi, arriveremo a mettere a punto un'*alimentazione corretta*.

(Queste due paroline sembrano calmarla).

– Dunque vediamo: per i prossimi quindici giorni deve seguire queste indicazioni. Il primo giorno solo acqua.

– Naturale o gassata?

– Non faccia domande stupide. Poi per tre giorni può integrare con verdura e frutta crude centrifugate. Dopo deve seguire questo schema: a colazione una o due tazze di tè verde, con due cucchiaini di miele e due fette biscottate integrali. A metà mattina una spremuta, uno yogurt con un altro cucchiaino di miele, e se vuole una tisana. Di tisane durante il giorno può berne a volontà, purché senza teina e non zuccherate. A pranzo una zuppa di cereali, può decidere lei la quantità, anche se non dovrebbe avere troppa fame, considerato lo spuntino di metà mattina. In tutto due cucchiai d'olio crudo. A seguire un'insalata o un piatto di verdura lessa o al vapore. Dopo, due porzioni di frutta a sua scelta, con un altro cucchiaino di miele. A merenda un centrifugato di frutta o verdura, la sera una crema e una porzione di verdura cruda o al vapore, altri due cucchiai d'olio d'oliva e un frutto. In seguito integreremo con qualche proteina in piú, per ora è essenziale la disintossicazione. Tutto chiaro?

– Chiaro sí, ma...

– Non le sto chiedendo di scrivere un libro, io.

(Questo mi pare che lo voglia sottolineare) e infatti:

– Sa, io non leggo solo manuali di alimentazione. Ho letto tutta Alice Munro.

Questo è un colpo basso. Vuoi vedere che capisce qualcosa, oltre a farneticare a proposito di Gaspare, Gino e compagnia bella?)

– Arrivederci.

– Arrivederci.

Lisa

Fine ottobre, aereo Londra-Milano, domenica sera.

Lisa è seduta al centro dell'aereo, posto corridoio. Fa il conto: è l'ottavo aereo del mese, e siamo solo al 20. Sta tornando a casa, o meglio, in una delle sue case: quella che abita quando lavora. Seduto accanto a lei c'è Nicola, suo figlio, assorto in un gioco sul cellulare. Pensa che è l'ultimo anno in cui viaggeranno insieme cosí spesso, dal prossimo vuole andare in una scuola di cui parlano bene i suoi amici *di là*. Ha sempre amici *di là*, Nicola. Nessuno sembra mai essere al posto giusto al momento giusto. Anche per lei è cosí, non con gli amici, alla fine tra viaggi, lavoro e famiglia, le resta poco tempo per gli amici, ma con i vestiti, i libri, gli ingredienti della cucina: tutto sempre *di là*. Ormai ci ha fatto il callo, e non le dispiace nemmeno troppo. O forse non ha semplicemente il tempo per pensarci. Però, accidenti, mai una volta che l'impermeabile sia nel posto in cui piove. C'era un film che diceva che con due amori ce la si può fare, ma con due case si perde il senno. Spera non vada cosí anche per lei, non ha voglia di un secondo amore e tantomeno di perdere il senno.

La voce con sorriso stampato della hostess saluta i passeggeri e li ringrazia per aver volato *con noi*, poi passa la parola a un gracchiante altoparlante che spiega come intrattenersi negli ultimi minuti di vita cincischiando con i dispositivi di sicurezza, caso mai l'aereo decidesse di cadere. Lei è già indaffarata a preparare il carrello con le bevande a pagamento. Lisa sa che farà almeno tre giri, e il volo dura appena un'ora: probabile abbiano una percentuale sulle vendite, pensa, oppure paura di essere licenziate. Le compagnie low cost non sono come quelle di bandiera, non solo gli orari di partenza, anche il posto degli impiegati è a rischio.

I passeggeri sono invitati a *spegnere il cellulare e ogni dispositivo elettronico* per tutta la durata del viaggio. Nicola protesta, Lisa gli dice di stare bravo, stasera lo porta a mangiare una pizza dall'egiziano. Finisce sempre cosí la domenica sera. Sa che a lui piace, a lei un po' meno, vorrebbe solo farsi una doccia, mettersi il pigiama e buttarsi sul letto. Ogni settimana si ripromette di lasciare qualcosa in frigo, ma poi va a finire che le passa di mente.

Nicola si agita sulla sedia, c'è il rischio che continui cosí per tutto il viaggio. In realtà sta studiando un piano di emergenza. Quando si avvicina la hostess, la chiama con un filo di voce – Lisa nota che le si rivolge in inglese. Con gli occhi spalancati e tristi di un cane abbandonato, le chiede educatamente se può accendere il suo gioco *solo per finire la partita*. È una tecnica che ha imparato da quando era piccolo, sa che gli adulti si commuovono. E la hostess si commuove, hanno un cuore anche i sorrisi di plastica. Nicola può giocare. Lisa vorrebbe dirgli qualcosa, ma poi lascia perdere, meglio cosí. Per distogliere l'attenzione, ordina una birra per lei e una Coca per lui. Poi socchiude gli occhi, si mette a pensare ai fatti suoi, che sono poi i fatti di tutti: il lavoro, la casa, l'educazione del figlio. Da sempre difende lo spazio del viaggio, uno spazio vuoto dentro una vita fin troppo piena. Difficile che lavori, legga cose impegnative, parli. Le piace lasciarsi andare, pensare alle sciocchezze di tutti. La cosa che le manca di piú è l'ozio: camminare senza meta, passare una domenica in pigiama a guardare la Tv, entrare nella vasca da bagno per uscirne solo quando la pelle si raggrinzisce, leggere un giallo fino alle tre del mattino... Pensa a cosa potrebbe offrire in cambio, per ricevere un po' di ozio, ma non le viene in mente nulla. Le cose che ha, quelle importanti, il figlio, il marito, due case, un lavoro che ancora le piace dopo vent'anni, non sono barattabili. Certo darebbe indietro il pezzo di marito che si dimentica di chiamare l'idraulico, il frigo vuoto della domenica sera, le crisi di preadolescenza di Nicola, ma no, queste sono incluse nel menú a prezzo fisso che ha scelto di mangiare: tutto è incluso, e che le piaccia o no le tocca pagarlo. E cosa le resta? Gli amici quasi non li frequenta, l'ora di pilates la salta una settimana sí e una no. No, non ha merce da scambiare per prendersi un po' di ozio. Salvo durante i viaggi. Per questo non le piace guidare, preferisce affidarsi a qualcuno che la trasporti. Cosí lascia vagolare i pensieri, socchiude gli occhi, si sfila le scarpe sperando di non essere notata. La prossima settimana deve andare a Stoccolma per un convegno, chissà se riesce a prendersi mezza giornata, le hanno parlato di un museo dedicato a Pippi Calzelunghe, la divertirebbe visitarlo. E poi magari uscire a cena con la sua amica che è là per uno stage di teatro. A che ora deve partire? Deve ricordarsi di controllare i biglietti. Forse si addormenta, forse no, l'aereo atterra. Il viaggio è finito, riapre il ruolino di marcia. Treno, metro, casa, controllo compiti di Nicola, pizza, lavatrice, a dormire entro mezzanotte, domani si alza presto.

Milano, dicembre.

Ogni volta che passo davanti alla vetrina di un'agenzia immobiliare, non importa se a pochi isolati da casa o in un altro quartiere, città o paese, mi fermo. Studio le offerte con attenzione, confronto i prezzi, valuto la zona, i metri quadri e la disposizione delle stanze, controllo se la cucina è arredata... A poco a poco, inizio a traslocare i miei mobili dentro quelle foto e ne valuto l'effetto.

Certe volte, se il risultato mi convince, entro e m'informo sui servizi di zona, mezzi, negozi, parcheggi. Nel tempo, ho accumulato un'ampia collezione di biglietti da visita di agenti immobiliari.

Non penso affatto a una «seconda casa». Che l'offerta riguardi un appartamento vista mare a Camogli, una villetta a schiera in Brianza, o un loft a Istanbul, in quel momento, ognuna di quelle case è per sempre. Cioè, io prendo seriamente in considerazione l'ipotesi di trasferirmi armi e bagagli in uno di quegli appartamenti, o villette, o loft. Scarto gli alloggi arredati o troppo cari e gli affitti non a uso abitativo, seleziono le foto che mi piacciono, calcolo il costo della ristrutturazione, sistemo le tende, appendo un quadro, faccio gli ultimi ritocchi e alla fine le vedo: eccole lí, le mie vite in vetrina.

Per un attimo, tutto è facile, mi basterebbe sceglierne una, impacchettarla e portarmela via. È una bella sensazione, per una che non ha mai imparato l'arte del rammendo. E che con una scatola di Lego non è mai riuscita a costruire non dico un palazzo, ma neanche un monolocale con angolo cottura.

Ma ogni tanto, quando stacco gli occhi dalla vetrina in cui sono esposte le mie vite e mi giro verso il palazzo dirimpetto, che è solido e ben curato, e dentro cui sono certa abitino vite solide e ben curate, ecco in quei momenti qualche dubbio mi viene. E comincio a pensare a quello che non ho: non ho un armadio quattro stagioni, non ho una torta che cuoce nel forno, non ho qualcuno che bagna il basilico quando sono via...

E poi comincio a pensare a *come sarebbe stato se*... Se poi quel *come sarebbe stato se* mi capita d'incontrarlo che cammina spedito su un paio di scarpe che non sono le mie, allora la faccenda si complica.

Mi è successo con Lisa, un'amica che non vedevo da tempo (con tempo intendo: anni) e che ho rincontrato in una fredda giornata d'inverno (specifico la stagione perché ha un suo ruolo nella vicenda. Sarà che le notti sono un po' piú buie e un po' piú tempestose del solito, fatto sta che per me certe sere d'inverno funzionano come incipit per pensieri tossici, e non solo dal punto di vista letterario. Il che non dipende, a dire il vero, solo dalle condizioni meteorologiche, ma dal fatto che ci sono momenti in cui certi pensieri mi viene da corteggiarli. Come dire, mi faccio bella e mi preparo a ospitarli. Per creare l'atmosfera, di solito inizio scegliendo come sottofondo musicale una playlist di canzoni strappalacrime in abbinamento con l'umore, playlist che iTunes ha titolato di sua sponte *I piú ascoltati*. Preferisco non indagare sul perché. Di qui passo a farmi domande piene di maiuscole, tipo «Chi Sono?», «Che Senso Ha La Vita?», «Dove Vado?» Poi mi guardo intorno e scalo la top ten constatando che «Non Ho Un Fidanzato», e via cosí... Alla fine scoppio a piangere perché, ad esempio, la settimana scorsa la maionese è impazzita. O perché non ho ancora riparato la tenda della doccia. O qualcosa di simile. Sono patetica? Sí. Però va detto che anche nella vita vera, ossia in quella diurna, il dolore resta uno strano oggetto. E si comporta in modo simile, nascondendosi nelle postille: un vecchio scontrino, una tazza che si rompe, il nome di una strada. O una cara amica che ti telefona per dirti che suo marito è malato di cancro. E tu scoppi a piangere, ma non dopo quella telefonata. Scoppi a piangere qualche settimana dopo, quando la chiami e lei ti dice che è nella gastronomia piú cara della città a comprare l'aragosta, perché suo marito adora l'aragosta. E tu te la immagini lí, che fa la signora tra le signore, e tira fuori la carta di credito senza battere ciglio, a testa alta. E poi pensi che lei ti ha sempre preso in giro, per la tua mania del cibo, ed è una delle poche persone con cui quando parli ti dimentichi di mangiare. E allora lí, in quel momento, qualcosa si rompe, e non vedi l'ora di buttare giú il telefono, non perché non vuoi parlare con lei, ma perché vuoi piangere a dirotto).

Ma torniamo a Lisa, che si chiama Lisa solo in queste pagine – il suo nome vero è un altro – ma che ho deciso di chiamare cosí per due ragioni. La prima è che Lisa è un nome corto, pratico, assertivo. A modo suo non ammette repliche, e dunque le dona. La seconda: è un nome che non patisce i traslochi, sa farsi dire in tutto il mondo. E anche questo, vedrete, ha un suo perché. Quando l'ho incontrata il cielo era abbastanza sereno e non c'era nessun sottofondo musicale. Ero davvero contenta di vederla, e credo lo fosse anche lei. Quella volta abbiamo appena avuto il tempo di scambiare due parole e ci siamo subito messe d'accordo perché da lí a un paio di giorni venisse da me. Ma devo fare ancora un passo indietro. Anzi piú di un passo, o almeno questa è l'impressione che ho mentre rifletto sulla questione dal punto di vista del bancone di un bar all'ora dell'happy hour. So che ci sono cose difficili da immaginare se non le si è vissute, ma c'è stata un'epoca in cui, giuro che è vero, lo spritz si beveva solo a Venezia, veniva servito in un normale bicchiere di vetro senza stelo e senza ghiaccio (sic), si dava per scontato che venisse preparato con il Campari e l'unica opzione era con o senza oliva. Uno dei posti migliori in cui berlo era ai tavolini di *Nico*, un caffè affacciato sul canale della Giudecca, alle Zattere. I veneziani lo prendevano a tutte le ore ma, tenuto conto della posizione del bar e della deplorevole abitudine di noi foresti a preferire un caffè per la prima colazione, l'ora migliore per bere uno spritz da *Nico* era quella del tramonto. Che allora si chiamava ora dell'aperitivo e non dell'happy hour.

Ed è appunto lí che, con bicchiere e tramonto tra le mani, in un ottobre di molti anni fa, stavo seduta a chiacchierare con Lisa. Insieme eravamo state in molti posti, e avevamo bevuto piú o meno di tutto, dal gin tonic al *tea and oranges* (questo lo trangugiavamo in onore della Suzanne di Leonard Cohen), ma per qualche ragione sono proprio quello spritz e quel tramonto che tramonta, piú scontato di una cartolina, che mi sono rimasti in mente. Ricordo persino come ero vestita: una giacchetta da cappuccetto blu, nel senso che era una normale giacca blu di taglio squadrato fornita, appunto, di cappuccio, una gonna a tubino con disegni in stile kashmir sui toni del rosa antico, scarpe... non ricordo le scarpe. Ma sicuramente senza tacco. Lisa era vestita di nero, pantaloni larghi, casacca e una grande collana d'argento. Anche le scarpe erano nere, con la suola spessa, direi un po' *grunge*, ma non sono cosí sicura di sapere come sia, esattamente, lo stile *grunge*, né in quale casella temporale collocarlo. Però erano scarpe solide, adeguate a sostenere il passo un po' marziale che Lisa ha sempre sfoggiato.

Capita, a volte, di fare scelte che a distanza di anni stanno sempre nello stesso punto di una mappa. È successo ad esempio a un mio amico. Era, non solo dal punto di vista anagrafico, nel bel *mezzo del cammin*: da una parte c'era sua moglie, due figli, un lavoro ben avviato. Dall'altra una donna (un'altra), un paese straniero, un lavoro... beh, questo poteva portarselo dietro. Un dilemma da manuale. Per mesi si è rotolato nel dubbio, e immagino nei sensi di colpa, strattonato tra due vite che lo volevano, tutto. Certo non si può dire che la situazione in cui si trovava brillasse per originalità. Ma il fatto di non essere né il primo né l'ultimo non facilitava affatto le cose. Chiunque abbia esperienza diretta o indiretta di faccende simili, e chi non ce l'ha?, sa che questo è uno di quei casi in cui l'esperienza degli altri non conta nulla. Una sorta d'infinita prima volta che attraversa la storia e la geografia.

Non ne parlava molto, gli uomini non parlano mai molto di questo genere di cose (e va' a sapere di cosa parlano tra di loro), ma un bel giorno davvero non ce la faceva piú e ha chiesto a un amico di accompagnarlo a fare un giro fuori porta, voleva un consiglio o forse solo sfogarsi.

L'amico guida, lui parla, specula, ragiona, dice una cosa, dice il suo contrario fino a quando l'altro si ferma: non a destinazione, in un punto qualsiasi sul ciglio della strada. I due scendono, si siedono su un masso, parlano un po'.

Non so cosa si siano detti, se mi affido all'esperienza che ho degli uomini che parlano di emozioni, immagino che il dialogo sia andato piú o meno cosí:

– Non so cosa fare.

– In effetti, non è facile.

– È che (chiamiamola Lara) mi piace da morire. Il sesso, con lei, è una cosa speciale.

– L'ho vista, so cosa intendi.
– Però, insomma, mollare tutto cosí, su due piedi…
– E certo.
– Secondo te, mia moglie la prenderebbe malissimo?
– Secondo me, sí.
– E Lara?
– Anche.

A spanne, direi che il colloquio è durato piú o meno cinque minuti. In una situazione analoga, due amiche si sarebbero incontrate il venerdí sera, una affranta l'altra gongolante, si sarebbero chiuse in casa (a nessuna verrebbe in mente di farsi un giro in macchina in un frangente cosí delicato) e la domenica sera – sviscerati i traumi infantili dei due lui, esaminato il carattere delle suocere, quella vera e quella virtuale, insomma messe a fuoco le premesse del dilemma – si sarebbero salutate accordandosi per vedersi il martedí, perché bisogna proprio che ne parliamo, di questa storia.

I due maschi erano stati piú rapidi. Alla fine infatti, grazie all'apporto evidentemente risolutorio dell'amico due, l'amico uno ha fatto la sua scelta, ed entrambi possono rimettersi in viaggio e finalmente cambiare discorso (immagino con un certo sollievo del pilota). Non so cosa si siano detti ma so qual è stata la decisione presa. Se non la dico, non è per sadismo, ma per rispetto della privacy. E perché basta avere poca fantasia per immaginare come vanno a finire queste storie. Ma quello che posso dire è che da allora i due hanno imparato a volersi bene davvero, e non se lo sono piú dimenticati. Ogni volta che raccontano questa storia, anche separatamente, è come se cantassero la stessa canzone. E neppure si sono dimenticati la forma di quel masso. Entrambi ne ricordano la ruvidezza, la posizione esatta.

Ecco, ho raccontato questo episodio per dire che quel giorno, da *Nico* alle Zattere, non era successo niente di simile. Ricordo molto vagamente di cosa avevamo parlato. Forse qualcosa che aveva a che fare con il meticciato culturale, era l'anno in cui l'artista Anish Kapoor, anglo-indiano, aveva spopolato alla Biennale, cosí come in letteratura avevano fatto scrittori quali Ghosh o Kureishi, ma non credo ci fossimo dilungate molto sul tema. Piú probabile ci fossimo limitate a parlare (o sparlare) di qualcuno. O di noi stesse. Eravamo un po' secchione, in effetti, ma non al punto da intavolare discussioni cosí impegnative all'ora dell'aperitivo. Poi, se non vado errata, anche noi avevamo valutato a fondo i pro e contro di una scelta: riguardava l'acquisto o meno di un vetro di Murano, davvero molto bello, davvero molto caro.

Forse la colpa è del bar, troppo traballante per candidarsi a diventare un punto fermo.

Ciononostante, conservo una fotografia nitida di quella scena, e per qualche strano circuito mentale quel momento è diventato nel corso del tempo una sorta d'illustrazione che compare sullo sfondo ogni volta che mi viene l'idea (insana) di fare qualcosa che assomiglia a un bilancio.

Come se tutto quello che avevo fatto fino ad allora avesse concorso per portarmi lí, e come se lí si fossero aperte molte strade. Quando in realtà intorno non c'era altro che acqua.

Tanto che di recente ci sono pure tornata, da *Nico*, convinta, credo, di tornare a un ipotetico punto di partenza. Cosí mi sono ritrovata seduta a uno di quei tavolini, in compagnia dell'ingannevole convinzione che lí avrei rivisto le mie vite possibili, quelle che avevo lasciato perdere, e le avrei viste davvero, non dietro i vetri di un'agenzia immobiliare. Magari avrei potuto scambiarci quattro chiacchiere, pensavo, prima che diventi troppo tardi. Ero curiosa di tornare al tempo che sta prima non delle scelte, ma di quando ci rendiamo conto che di scelte ne dovremo pur fare. Non che ora mi senta proprio prossima alla data di scadenza, ma insomma...

È un trucco che a volte funziona. Ma, appunto, solo a volte, e questa non era una di quelle. Per quanto ce l'avessi messa tutta, non c'è stato nulla da fare, il passato mi aveva dato buca. Guardavo i tavolini, guardavo il tramonto, guardavo il bicchiere e nulla aveva qualcosa da dirmi: come un paio di infradito d'inverno.

Mentre ingannavo l'attesa, non ancora del tutto rassegnata alla diserzione delle emozioni, mi è tornato in mente il titolo di un vecchio libro di Simone Signoret, *La nostalgia non è piú quella di un tempo* e, non so bene come, mi sono ritrovata a scrivere sul tovagliolino di carta una frase senza capo né coda, *Lo spritz non è piú...*

Intanto, perché non avevo ordinato un Prosecco, considerato che lo spritz non mi piace piú tanto? Mica crederai davvero, mi dicevo, che basti sostituire una madeleine con uno spritz per diventare come Proust? Beh... qualcosa del genere. Alla fine, indispettita non so se con me stessa o con Proust, me ne sono andata e ho camminato, che è sempre un ottimo metodo per prendere, in tutti i sensi, le distanze da questo tipo di mugugni.

Proust o non Proust, è vero comunque che i sapori hanno qualcosa di magico. L'altro giorno parlavo con Aurelio, che mi ha raccontato che quella notte aveva sognato un'insalata. Aurelio è un anziano signore, di bell'aspetto (nel corso della conversazione ho scoperto che deve avere piú di ottant'anni, non l'avrei mai detto). Mi è difficile pensare a una persona piú soddisfatta di lui: ha una moglie, figli e nipoti, e tutti si vogliono bene. La sua attività, un bar ristorante, è saldamente gestita dal figlio: e questo gli permette di non avere preoccupazioni pur continuando a lavorare part-time in un luogo in cui sta bene, dove passano, me lo dice con gli occhi che brillano e facendomi l'occhiolino, «un sacco di belle donne». È un po' burbero ma solo per finta. Insomma: niente fa pensare che possa avere dei rimpianti. Ma non avere rimpianti non significa rinunciare al piacere di ricordare il passato. Con allegria. Come gli è successo, appunto, quando ha sognato l'insalata. Insieme ai suoi vini preferiti, il Verdicchio e il Gattinara.

Mi spiega nei dettagli la ricetta, è dispiaciuto di non poterla fare stasera perché non siamo in stagione. Bisogna avere dei carciofi novelli, li si pulisce bene, devono restare solo i cuori, e si mettono in acqua acidulata, intanto si lava il sedano di Verona. «Che cos'è?» «Assomiglia alla barbabietola, ma è un po' piú chiaro, ha un colore tra il verde e il rosa». Poi si affettano le verdure sottili sottili. E mentre affetta, agli ingredienti si aggiungono le ragazze, le notti brave, gli amici, gli anni delle superiori (lavorava tutte le mattine dalle cinque alle otto, prima di andare a scuola, e aveva i voti migliori della classe), il referendum tra monarchia e repubblica del 1946 (da cui deduco la sua età attuale), suo padre, la fruttivendola sotto casa sua, il poker, le donne che passavano con l'autista – erano tutte belle (altro occhiolino). Alla fine, si condisce con olio sale e pepe, e, tocco finale, una spolverata di tartufo bianco.

P.S. Lo so che il mondo non pullula di gente che sogna insalate.

Ma andiamo con ordine. Quel pomeriggio, ora mi riferisco a quello in cui ero da *Nico* con Lisa, non da sola, era uno splendido pomeriggio d'autunno e noi avevamo entrambe buone ragioni per sentirci soddisfatte. Gli ultimi due giorni li avevamo passati gironzolando per i padiglioni della Biennale, mangiando seppie al nero e sarde in saor, bevendo Tocai e tirando tardi con le chiacchiere. Gli ultimi due anni li avevamo passati gironzolando nelle nostre professioni, cominciando a conoscere e farci conoscere. Avevamo mangiato e bevuto un po' di tutto, e non eravamo andate a letto presto la sera.

Lei era arrivata nella città in cui allora abitavo da un piccolo paese del Sud, uno di quelli in cui comandano i padri e i fratelli. E al momento della partenza, i suoi comandanti non avevano applaudito. Aveva una smisurata passione per la letteratura (e/o per chi si occupava di letteratura, le due cose si confondevano un po'). Si era arrangiata come poteva traslocando in case e lavori fino a quando non era arrivata la laurea, e la pubblicazione, e il dottorato, e le borse di studio... Per me le cose erano state piú facili. Pure io ero andata presto a vivere da sola e avevo cambiato case e lavori precari, ma nessuno dei miei fratelli mi aveva osteggiato, anzi: erano ben contenti di ritrovarsi con un po' di spazio in piú.

Avevamo interessi e lavori simili, lei si occupava di teatro, io di storia dell'arte. Ormai eravamo abbastanza grandi per fare quello che volevamo senza doverne rendere conto a nessuno. E soprattutto non dipendevamo da nessuno.

A volte mi pare che in quegli anni non facessimo altro che festeggiare l'essere diventate adulte. Allo stesso tempo, eravamo anche abbastanza giovani perché il futuro si presentasse ancora nella formula *all you can eat*. Potevamo iniziare un lavoro, scegliere un vestito, innamorarci... Ma nulla di tutto questo sarebbe stato necessariamente per sempre.

Insomma, eravamo indaffarate a scrivere i primi capitoli della nostra vita, la faccenda ci appassionava, e tutto sommato le cose non andavano male. Per esempio: facevamo lavori un po' meno precari di prima, e soprattutto non troppo lontani da quello che volevamo fare davvero. Per esempio: non guadagnavamo molto, ma almeno avevamo smesso di litigare con il portafoglio ogni volta che andavamo a fare la spesa. Per esempio: eravamo contente di essere amiche. Ci pareva, insomma, di aver trovato il nostro posto nel mondo. Essere appagate faceva parte del protocollo. Non eravamo carine, anzi, ci avrebbe molto infastidito essere definite «carine». E neppure pensavamo di essere belle. Noi volevamo brillare per fascino, non cercavamo la bellezza, cercavamo l'*allure*. Guardavamo con diffidenza le scollature, i tacchi alti (per questo posso dire con certezza che quel giorno indossavo scarpe basse), i colori pastello, gli occhiali a goccia, per non parlare delle calze autoreggenti... In compenso, dedicavamo un sacco di tempo ed energia alla costruzione di uno «stile», e per stile intendevamo qualcosa che solo in parte aveva a che fare con l'abbigliamento, c'entrava piuttosto con l'espressione di quella che presumevamo fosse la nostra (va da sé, interessante) interiorità, con la capacità o meno di vestire i nostri gesti e i nostri sguardi piú che il nostro corpo. Era una sofisticata e ingenua messa in scena dell'io che ci divertiva e ci faceva pure sentire molto intelligenti. E, incredibilmente, funzionava: ci piacevamo, e di conseguenza piacevamo.

Dopo tanti anni, mi ero illusa che tornare a quel bivio, ovvero a quel bar, mi avrebbe aiutato a trovare pezzi di una mia vita non vissuta. Per scelta? Per caso?

Cerco, procedendo per approssimazioni, di raccontarmi quegli anni.

Ero ambiziosa, ma di una specie particolare di ambizione che mi ero cucita su misura e non riguardava solo il lavoro ma anche la vita tutta che ci stava intorno. Casa, amici, amori dovevano essere all'altezza della situazione.

Abitavo in una casa bellissima, affacciata sul fiume, che avevo arredato con ricercata semplicità, che allora (ma anche un po' adesso) ritenevo uno stile di vita piú che uno stile d'arredo.

Facevo di tutto per sbarazzarmi di ogni residuo di vita da studente (non so perché, ma non ho mai provato una gran simpatia per la giovinezza, appena ho potuto l'ho saltata a piè pari. Da studente, facevo di tutto perché la mia casa non assomigliasse alla casa di uno studente. Non mi piaceva «stravolgermi dal divertimento» come avevo comunicato in tutta serietà ai miei amici, che dopo quell'affermazione erano diminuiti, e non mi piaceva giocare, in nessun senso). In sintesi: mi prendevo molto sul serio.

Lisa era una delle mie migliori amiche, eppure, pochi mesi dopo quel viaggio a Venezia abbiamo smesso di frequentarci. Non che la nostra amicizia si fosse incrinata, semplicemente le cose che facevamo hanno smesso di essere le stesse. E cosí, per anni, il poco che avevamo da dirci l'abbiamo infilato senza difficoltà in qualche mail, incontri casuali, notizie prese in prestito da amici comuni…

Per farla breve, quando l'ho rivista sarei stata perfettamente in grado di scrivere la sua biografia – carriera universitaria iniziata in provincia e approdata in una grande città, un figlio nato il giorno di Natale, un marito che abita in Inghilterra, con conseguente pendolarismo da voli low cost, due o tre libri pubblicati. Potevo compilare la lista delle cose che aveva fatto, e sarei stata anche in grado di affermare che le aveva fatte bene. Anzi: *per bene*. Ma non sapevo come si era vestita per il concorso all'università, se era ingrassata troppo con la gravidanza, che film aveva visto, in quale lingua (inglese o italiano?) cucinava, se usava la protezione solare, se suo figlio era viziato e come andava a scuola.

Sapevo tutto ma non sapevo niente. In compenso, lavoravo molto d'immaginazione. Mi ero convinta, ad esempio, che avesse imparato il passo giusto per camminare a fianco del lavoro, delle relazioni, della famiglia, delle scelte fatte una volta per tutte. Che fosse diventata, e lo pensavo con ammirazione, una di quelle persone che non molla l'album delle figurine prima di aver finito la raccolta.

A me invece le distrazioni piacciono, al punto che decido che «distrazione» sarà proprio la parola chiave del menú, anzi delle digressioni, di stasera. Perché su questo mi sento un premio Nobel. C'è una parola che mi piace molto e mi pare descriva bene quello che mi è successo: *serendipity* ovvero *trovare una cosa non cercata e imprevista mentre se ne cerca un'altra*. Gli effetti che provoca la serendipity sono altalenanti. Se ad esempio una esce per cercare il regalo di compleanno al fidanzato e per strada incontra George Clooney e lo segue, il risultato è devastante: il fidanzato si arrabbia e lei scopre che Clooney, convinto di essere in incognito, sta andando a cena con il suo istruttore di palestra. Ma se invece si ha la fortuna di Cristoforo Colombo, si parte per l'India, si scopre l'America e per i secoli a venire l'ansia di prestazione è soddisfatta.

A proposito di digressioni, c'è una digressione che voglio fare, e la faccio in corpo minore, cosí sapete che è una digressione e non perdete il filo.

Mentre scrivevo questo capitolo, mi è capitato di leggere un libro di un filosofo americano che si chiama John Perry, molto esperto in una materia che mi riguarda solo fino a un certo punto, ovvero l'arte della procrastinazione. In ogni caso Perry scrive molto bene e dà un sacco di suggerimenti utili a chi ha questo problema, a quelli che procrastinano insomma, e io ne conosco tante di persone cosí e mi fa comodo avere qualcosa di preconfezionato da dirgli. Per cui ad esempio se mi telefona un'amica che so che tra due giorni deve consegnare una traduzione importantissima dal cinese antico ed è in ritardo e mi racconta nei dettagli che ha passato il pomeriggio a sistemare la questione degli strofinacci, e alla fine ha deciso che li riponeva per ordine di grandezza e non di colore, ecco, grazie a Perry io riesco a non mettermi a urlare.

Un giorno Perry, mentre immagino non stesse facendo qualcosa che avrebbe dovuto fare, si è imbattuto in una persona che ha una sindrome diversa dalla sua, che si chiama sindrome delle parentesi aperte. E questa, di sindrome, mi è sembrato che si attagli molto bene a come sono io. Mi spiego attingendo direttamente a cose che mi sono successe in tempi neanche troppo lontani, di cui provo a fare il resoconto secondo i modi in cui si manifestano i sintomi.

(Un giorno mi sono detta che dovevo guadagnare di piú (questo è un pensiero che faccio abbastanza spesso e questa è anche l'unica parentesi che chiudo)

(ma forse, mi sono poi detta, considerato come vanno le cose qui in particolare e in Europa in generale, sarebbe piú sensato fare un reset del concetto stesso di consumo

(ammesso poi che continuare a pensare all'Occidente come parametro abbia senso

(sarebbe opportuno guardare fuori dal nostro mondo

(e se invece di guardare fuori, mi guardassi un po' dentro

(guardarsi dentro rischia di diventare un'ossessione

(forse dovrei andarmene per un po'

(chi era, De Maistre mi pare, che ha scritto un libro che si chiama *Viaggio intorno alla mia stanza*

(ho controllato su Wikipedia, era De Maistre, anche Leonard Cohen, proprio lui, il mio mito, ha fatto un disco che si chiama *Songs from a Room*

(credo sia piú divertente risentire Cohen che leggere De Maistre...

Capito cosa intendo?

E il bello è che molte di queste cose le ho fatte davvero: ho ridotto i consumi, ho viaggiato, ho ascoltato Leonard Cohen (questa era facile), non ho letto De Maistre (anche questa). Purtroppo non ho guadagnato di piú.

Dunque il mio sarà un menú all'insegna della digressione. E anche un po' della trasgressione, nel senso che ho intenzione d'ignorare tutte le regole del bon ton gastronomico e di farlo, letteralmente, con gusto. L'aringa arriva dalla Norvegia? La compro. Non è stagione di lamponi? Pazienza. La panna ingrassa? La mangio.

Al momento infatti il menú prevede un'insalata di finocchi, arance e aringhe affumicate, e lamponi con la panna.

Per quanto riguarda il piatto forte, i lavori sono in corso. Ho una mezza idea, ma lascio le cose in sospeso, vedrò facendo la spesa.

Sono anche un po' contenta di avere qualcosa di concreto su cui esercitarmi a scegliere, manzo o agnello, stufato o arrosto, al forno o in padella, perché da quando tre giorni fa ho deciso d'invitare a cena l'amica di spritz, sto cominciando ad avere l'irritante sospetto che nella vita io ho scelto di scegliere, ma una scelta, di quelle vere e definitive, mi sono ben guardata dal farla. E questo pensiero mi ronza intorno peggio che una zanzara, nonostante sia dicembre.

Abito in una casa che non sa scegliere, indecisa a quale quartiere appartenere. Non ha un fuori, ne ha tre. Ognuno con il suo *dress code*. Per andare nel fuori che si trova alla sua destra s'inforca la bicicletta, ci si veste facendo attenzione a non far capire quanto tempo si è passato davanti allo specchio, si fa la spesa riempiendo il cestino di paglia di verdure biologiche e pasta di grano kamut (a Milano tutto questo si dice: trendy). A sinistra, ci si mette una gonna al ginocchio con calze color carne, un cappotto di lana buona, si trascina un carrellino per la spesa in tela plastificata scozzese e lo si riempie il piú possibile di prodotti in offerta trovati al super. Se invece si va dritto, che è dove sto andando io, sarebbe indicato un soprabito di Burberry, un paio di scarpe Tod's, magari una Smart o una Mini. Sempre ammesso che a fare la spesa non vada la colf. Non ho nessuno degli accessori indicati, del resto non ho nemmeno un cestino di paglia o un carrellino, ma il pensiero del cibo mi rende risoluta (è incredibile quanto cucinare massaggi l'autostima). E poi, comunque, se c'è un merito da riconoscere a questo tipo di quartieri, quelli che danno alloggio a ricchezze che si tramandano da generazioni, è l'affidabilità dei negozi di alimentari, gli unici a non essere sfiorati né dalle mode né dalle crisi economiche. Solo in strade come questa si trovano panetterie come quella in cui sono appena entrata: arredo da spaccio di un paese del Patto di Varsavia, luce al neon, quattro ripiani e tre, solo tre, tipi di pane. Ma ovunque profumo di forno e una patina di farina e... hanno le michette!

Il fruttivendolo dirimpetto è al contrario molto civettuolo, con mazzi di lavanda e carrettini di legno graziosamente disposti sul marciapiede su cui fanno bella mostra acrobatiche composizioni di cavolfiori e carciofi, ma qui, e quasi solo qui, si trova *anche* frutta matura. E io la compro.

E il macellaio poi... ha talmente la faccia di un macellaio che ogni volta che entro nel suo negozio me lo ridico.

Mentre aspetto il mio turno scannerizzo il banco. Sono alla ricerca di qualcosa che possa essere preparato in anticipo, non voglio interrompere la cena, ma vorrei anche un piatto festoso (o fastoso), buono ma rassicurante: un po' celebrazione, un po' pranzo della domenica. Alla fine, mi restano due opzioni: agnello alle erbe o anatra al forno. Vince l'anatra, è cara, è vero, ma se si considera... Si considera che cosa? Non c'è nulla da considerare, è cara e basta, ma è buona, è inutile che cerchi alibi.

Penso di farla cuocere con l'aggiunta di un po' di brandy e qualche fettina d'arancia, un sottofondo agrumato, appena un accenno che nelle mie intenzioni dovrebbe rappresentare un sottile trait d'union con l'insalata che viene prima. Come l'ultima strofa di una canzone, quando la voce e la musica pian piano si abbassano.

Manca ancora la panna, va da sé che la latteria in cui la compro la monta ancora sbattendola con la frusta...

Qualche ora dopo, dopo essere tornata a casa, dopo essermi tolta le scarpe, dopo essermi lavata i capelli, dopo aver controllato le mail, qualche ora dopo sfiletto l'aringa. E poi la metto a marinare con un po' di succo d'arancia e qualche grano di pepe bianco, affetto fini i finocchi, e poi l'altra metà dell'arancia. Il profumo di agrumi mi rilassa, quello dell'aringa un po' meno.

Con ogni evidenza, sniffare questi odori stonati mi dà alla testa, perché sento qualche stonatura anche lí.

Sono due giorni che recito il mio mantra, che suona piú o meno cosí: matrimonio, carriera accademica, casa e mutuo per la casa...

Ecco, mi ripeto queste cose e piú me le ripeto piú cresce l'irritazione. Perché se c'è una sola cosa vera in tutto questo rimuginare, è che non è vero.

In fondo in fondo (ma forse neanche cosí tanto in fondo) io so benissimo che non avrei potuto fare cose diverse da quelle che ho fatto. Anzi, non avrei proprio voluto. E allora perché, perché sono andata fino a Venezia?

E perché ho invitato Lisa a cena? Semplice: perché sono felice di vederla, perché le voglio bene, e perché, questo sí, voglio sapere come se l'è passata in tutti questi anni. E perché, comunque siano andate le cose, e ormai credo di averlo capito che sono andate come sono andate, incontrare qualcuno che ha seguito strade diverse, ma non straniere, è emozionante e pure struggente.

Posso crogiolarmi quanto voglio nella convinzione di essermi trovata di fronte a bivi fatali, attribuire al coraggio (mio) le cose che sono andate bene e alle circostanze quelle che no, ma so che è una bugia. Nella vita, le cose non funzionano come in una macelleria, dove effettivamente si compra O l'agnello O l'anatra. Quando mai c'è stato un giorno in cui qualcuno (me stessa inclusa) mi ha chiesto se volevo diventare ricca o no? o se preferivo tenere un fidanzato per sempre o cambiarlo di tanto in tanto? se volevo un lavoro fisso o in comodato d'uso? E c'è mai stato un giorno in cui qualcuno ha aperto un atlante per chiedermi dove volevo vivere?

Il fatto è che il piú delle volte non si sa che domande fare al futuro, è piú semplice farle al passato. Quante volte, ad esempio, siete uscite per andare da qualche parte, in ufficio o al mercato o dal dentista, e vi siete davvero fermate davanti alla porta di casa ponderando le varie opzioni: vado a piedi o in autobus? faccio il centro o la circonvallazione? mi metto il cappotto blu o quello marrone? esco in anticipo? mi porto dietro un libro? Verosimilmente, avrete fatto alcune di queste cose senza stare a pensarci troppo, un po' per caso e un po' secondo l'ispirazione del momento. Eppure la sera, tornate a casa, raccontando la giornata, direte: oggi ho *deciso* di andare in ufficio a piedi, ho *scelto* di mettermi il cappotto rosso, mi sono *dimenticata* di portarmi dietro un libro...

Però, una sbirciatina dal buco della serratura magari me la concedo...

Intanto è giunto il momento di affrontare l'unica reale decisione che ho preso, e lí incanalare l'intelligenza residua: è ora di cucinare l'anatra. Ungo appena una teglia, la bestiola è già grassa di suo, appoggio i pezzi di carne, ci spruzzo sopra il succo di mezza arancia, qualche rametto di timo e pepe in grani, scopro di non avere il brandy e lo sostituisco con mezzo bicchiere di vin santo. Copro con la stagnola e infilo nel forno, una ventina di minuti prima che sia cotta toglierò la carta in modo che la pelle diventi croccante.

Nel frattempo, ritocco l'immagine di Lisa in Photoshop: aggiorno il suo look (non troppo) e dopo un attimo d'indecisione infilo un paio di jeans neri a suo figlio; sistemo mobili che conosco in una casa che non ho mai visto, ci aggiungo qualche libreria (ma non una scrivania per il marito); penso se dotarla o meno di un'automobile ma poi decido che no, non ne ha bisogno, meglio spendere quei soldi per un abbonamento in palestra (ma dove?) e un bel viaggio (idem); immagino abbia poco tempo per andare al cinema, dunque la fornisco di una collezione di Dvd; in dispensa aggiungo spezie e riso basmati (cose che non avevamo ai nostri tempi; non mi viene in mente però di comprare merendine, Nutella o altro cibo adatto ai bambini); m'interrompo quando si tratta di sceglierle le amiche (altre madri come lei? colleghe? coppie sposate con cui organizzare il barbecue la domenica?)

Sospendo la visita virtuale della vita di Lisa e lavo le patate, le spazzolo bene, le taglio a metà e le sistemo nella teglia insieme all'anatra.

Ora posso dedicarmi a uno dei miei giochi preferiti, che consiste nel tradurre in linguaggio comune la storia che racconta il menú, quello che inizia con le aringhe e finisce con i lamponi. Ci sono casi infatti in cui si sa *prima* cosa si vuole dire e le ricette in un certo senso si palesano da sole, come è successo un paio di capitoli fa con il polipo allo zenzero e la shepard's salad. In altri, avviene l'inverso: si sa cosa si vuole cucinare, ma non perché. E dunque bisogna giocare (cioè, io devo giocare, visto che è dall'inizio di questo libro che rompo le scatole a tutti dicendo che comporre un menú è come raccontare una storia). Non sto a spiegarvi come funziona, faccio prima a farvelo vedere. Sappiate comunque che avendolo inventato io, questo gioco, con le regole sono piuttosto indulgente. Per iniziare occorrono un paio di fogli abbastanza grandi (la visione d'insieme alla fine è importante) e una matita. Nulla vieta di farlo in compagnia, ma tenete presente che questo potrebbe compromettere il giudizio che gli altri hanno del vostro stato di salute mentale.

Quello che il menú ha da dire.

Si inizia con lo scomporre gli ingredienti dell'insalata.

Aringa: saporita, eccentrica, arcigna?; genere: femminile con qualche ruvidezza.

Arance: sole d'inverno, aspre, dolci, allegria; genere: femmina ma non femminile.

Finocchi: digestivi (vedi tisana), croccanti, freschezza, i bambini li odiano; il genere ve lo lascio indovinare.

Riassumo: l'insalata che metterò in tavola si può definire adulta, femminile (in materia di cibo i gay sono donne a tutti gli effetti), sorprendente (questa parola non fa parte della lista: ho usato un jolly).

Anatra: convivialità, domenica, opulenta, festosa, Billie Holiday (questa mi è stata suggerita da un'amica su Facebook, me la prendo al volo, ci sta bene. E la risposta alla domanda che vi state facendo è… sí, faccio questo tipo di sondaggi su FB, e se ne scrivo tranquillamente da casa è grazie alla legge Basaglia); genere: femminile (però piace molto anche agli uomini).

Patate: rassicuranti, confortevoli; genere: vedi anatra.

Lamponi: da bambina in montagna, dolce, succoso, bacetti; genere: non è ancora arrivata la pubertà.

Panna montata: merenda dalla nonna, goduriosa, peccaminosa, morbida, liscia; genere: slurp.

Ecco fatto, a questo punto, come vedete, il menú è un libro aperto, i messaggi che gli ho affidato finalmente arrivati a destinazione. Basta mettere un po' in ordine le parole, esattamente come fossero gli ingredienti di una ricetta (e come in una ricetta aggiungere q.b. di sale, spezie e altri condimenti a piacere).

Allora, la storia è questa.

L'insalata è un prologo, e dice chi siamo: due donne adulte, appena un po' eccentriche, solari. Femminili ma non in modo sfacciato e forse con qualche ruvidezza di troppo, non ci spaventano i contrasti, anzi li mordiamo allegramente: fresco e salato, aspro e dolce. E alla fine, non solo grazie al finocchio, riusciamo a digerirli (i contrasti).

L'entrata in scena dell'anatra serve a dire che ci sentiamo in vena di festeggiare, come se fosse domenica. Siamo felici di essere insieme, ci piace l'atmosfera e vorremmo che tutte queste cose esplodessero come le note calde di Billie Holiday.

Alla fine, anche per riposarci un po', ci concederemo di regredire, riempiendoci la bocca di panna. Prima che la vita cominci, prima di sapere se si è maschi o se si è femmine, prima che il tempo diventi un luogo da abitare.

Tutto chiaro?

Mentre apparecchio – non devo dimenticarmi le candele – penso che Lisa è una donna in gamba e ripenso ai titoli di testa che abbiamo scritto insieme: non vedo l'ora di vedere il secondo tempo. Arriva con un po' di anticipo, l'ha sempre fatto. Cosí come si è sempre vestita allo stesso modo, nero dalla testa ai piedi salvo un particolare, quasi sempre una sciarpa, di un colore sgargiante, di norma arancione o verde mela (oggi è arancione). È un dettaglio che mi sorprende ogni volta, perché lei non è una da dettagli. È piú il tipo che sfronda, che procede dritto per la sua strada, autorevole, assertiva. Ciononostante a questa porzione di colore non ha mai rinunciato. Del resto le dona: l'interruzione del nero fa sembrare piú neri i suoi occhi, piú scuri i suoi capelli. Eppure sono convinta che non sia un vezzo, piuttosto un indizio. Appena entra la riconosco, ed è una bella sensazione. E bella lo è anche lei, prova evidente che dopo i trent'anni ognuno ha la faccia che si merita. «Chi lo diceva?» «Orwell», mi viene in aiuto. «Ecco, si vede che hai studiato». Iniziamo a chiacchierare come se ci fossimo viste tutti i giorni alla macchinetta del caffè. Amici comuni, aggiornamenti, pettegolezzi, libri, politica, lavoro. Le parole e le frasi filano una dietro l'altra senza bisogno di andare a capo. E spesso senza capo né coda.

Mio figlio non vedeva l'ora di andare a scuola, non ha pianto, e il primo giorno è corso via. Ci sono rimasta un po' male e un po' bene... Hai visto quanto è dimagrita Anna? Sembra abbia traslocato in palestra...

Le passo il sale (che dico il sale... le passo il set di sali in dotazione di ogni aspirante gastrofanatico: rosa dell'Himalaya, nero delle Hawaii e in fiocchi della Camargue).

Io non ho accompagnato nessuno a scuola, neanche i miei nipoti. Però a Istanbul, un giorno che passeggiavo da sola, ho visto una scuola e mi sono fermata per quasi un'ora a guardare gli alunni che entravano. È strano, era quasi mezzogiorno, chissà che orari fanno.

Prendo un'altra bottiglia di vino.

Hai sentito che Ken Loach ha rifiutato il premio del Torino Film Festival? Pare sia perché gli addetti alle sale sono sottopagati e non hanno un contratto di lavoro regolare. È buona l'anatra. Dove l'hai presa? Da quando faccio la pendolare, in cucina mi manca sempre qualche ingrediente, da una parte ho il curry dall'altra il riso, spaghetti in Inghilterra e passata di pomodoro a Milano. Qual era quel film di Rohmer in cui la protagonista diceva piú o meno che avere due uomini può non essere un problema, ma due case sí, perché si rischia di perdere il senno? Ti sta bene questo taglio di capelli. È lo stesso che avevo quando ci siamo conosciute, solo che allora era piú arruffato. Eravamo noi a essere piú arruffate...

Di colpo, un botto: sul terrazzo della casa di fronte c'è una festa in corso. Io abito al settimo piano, e dalla finestra vediamo i fuochi, e persone che brindano. Brindiamo anche noi, e stiamo lí zitte, incantate. In questo ci assomigliamo, ogni volta che vediamo i fuochi ci eccitiamo come bambine (e non abbiamo ancora mangiato i lamponi con la panna). Un anno eravamo andate a Napoli per un capodanno solo per questo, a lei Napoli neanche piaceva, le metteva inquietudine. Ha sempre avuto pensieri ordinati. Restiamo in silenzio fino a quando lo spettacolo finisce, poi torniamo a sederci a tavola, finiamo di mangiare, cincischiamo con i cioccolatini. Prendo nota che non le è neanche venuto in mente di spostarsi sul divano: fa parte del mio mondo, quello che sta aggrappato ai bordi del tavolo come fossero quelli di una zattera dopo un naufragio.

E a questo punto mettiamo un punto. Punto e a capo.

– Come è andata? – La domanda è arrivata, non so chi l'ha pronunciata, so che è come l'avessimo fatta insieme.

– È andata che se mi avessero detto che finiva cosí, quindici anni fa, ci avrei messo la firma.

– È andata che la firma ce l'avrei messa anch'io.

– È andata che non è stato quello che immaginavo.

– È andata che è stato molto piú faticoso di come me lo immaginavo, ma molto piú coinvolgente.

– A volte mi sento due: ero preparata a essere adulta, non alla sua burocrazia.

– A volte penso di essermi solo travestita. Di non aver fatto altro che giocare: giocare a fare la signora, giocare a fare l'intellettuale, giocare a fare la manager, l'amica, l'amante, la moglie...

– Sono anni che non gioco, piú che dentro una vita mi pare di vivere dentro un'assicurazione sulla vita. Ho un marito, ho una casa, ho un lavoro, ho un figlio, ma per tutto questo non ho ancora finito di pagare le rate: non intendo soldi, ma tempo, impegni. Non posso mollare perché sono impigliata nei debiti. Quante ore di lezione, quanti accompagnamenti a scuola, quante visite dal dentista, quante litigate e quante riappacificazioni, quanti voli low cost, quante settimane di vacanze di famiglia, quante ore di sensi di colpa: quando finirò di pagare?

– Non ho risentimenti, ma a volte sospetto di non avere mai vissuto qualcosa per cui ne valesse la pena, di avere dei risentimenti.

– È come se avessi fatto un'ipoteca, non sulla casa, su ogni singola ora della giornata, e quello che risparmio non è mai abbastanza per riscattarla, 'sta benedetta ipoteca. Ogni tanto vorrei riscuotere il premio di questo stato permanente di assicurazione sulla vita. Anzi, vorrei che proprio me lo dessero, un premio. Ma per cosa? Per aver avuto la vita che ho voluto? Perché ho smesso di fumare e questo fa bene alla salute? Mi porto a spasso le giornate come fossero un maglione di shetland: caldo, resistente, affidabile, ruvido... Non sono stata io. Non voglio dire che sia un male, o che non mi piaccia. Non potrei né vorrei fare a meno di nulla di quello che mi sta intorno, ma certe volte ho l'impressione che tutte queste cose siano entrate nella mia vita nonostante. Nonostante me. Perché sia andata cosí non saprei spiegarlo. So solo che a un certo punto mi sono resa conto che avevo come passato il testimone. Non ero piú io a decidere, lo facevano le cose per me. Ne facevo una, di cosa, e questa ne generava un'altra. Causa-effetto, causa-effetto, causa-effetto... Ho vinto il concorso, ero un po' piú tranquilla economicamente, e cosí è arrivato mio figlio. A quel punto è seguita la casa, e alla casa il matrimonio. Sembra tutto cosí logico...

– La sera, in casa, da sola, accendo tutte le luci, per creare l'illusione di una casa piena. E mi piace, quando sono ospite da qualcuno, fare la doccia lasciando la porta del bagno socchiusa, cosí da sentire i rumori nelle altre stanze. Ho fatto amicizia con la solitudine, non con il silenzio.

– Quando avevo diciassette anni facevo un gioco, con

quello che era il mio fidanzato di allora. Lui aveva qualche anno piú di me, studiava lettere ed era appassionato di teatro. Io ero appassionata di lui. La sera, abitavamo ancora con i nostri genitori, se non uscivamo passavamo ore al telefono. A raccontarci i nostri sogni. Nel senso di sogni a occhi aperti. Pensavamo a una situazione che avremmo voluto vivere e cominciavamo a descriverla. Luogo, arredo, abiti, parole, musica: perché il gioco funzionasse, niente doveva essere lasciato al caso. Insieme, quella scena immaginata, la riempivamo di particolari, quasi per poterla toccare. Il piú delle volte erano situazioni ordinarie: un viaggio in tram, una passeggiata nelle strade di periferia, una gita al mare, un incontro in biblioteca. Era la scelta dei dettagli a renderle importanti: come veniva annodata una sciarpa, una scritta sul muro, la temperatura dell'aria, il fatto che ci fossero o meno altre persone sulla spiaggia (e di solito non c'erano), la musica che usciva da una finestra, un gatto... I dettagli e, ovvio, quello che ci dicevamo. Una volta il romanticismo ci aveva preso la mano. Il copyright è suo. Lo scenario era un teatro, piccolo, dotato di un certo fascino, anche se aveva visto tempi migliori: il velluto liso delle poltrone, qualche filo elettrico a vista, pavimenti di legno sconnessi qua e là. L'avrei trovato seduto sul bordo del palcoscenico, gambe penzoloni verso la platea, sotto la luce (fioca) di una lampadina. Gli attori se ne erano appena andati dimenticando quella luce accesa, lui si era seduto e si era messo a leggere. Non ricordo esattamente perché, ma so che a un certo punto sarei dovuta entrare a piedi nudi sul palco, vestita di bianco, ti ricordi quelle specie di camicie da notte della nonna che andavano allora? Ecco, una di quelle. Avrei attraversato lo spazio solo in parte, fermandomi a due o tre metri di distanza. Lui allora avrebbe cominciato a leggermi quello che aveva scritto. Per un po' non mi sarei mossa, poi a un certo punto mi sarei seduta, prendendomi le ginocchia tra le braccia. Mentre lui continuava a leggere... Fuori era inverno e, ovvio, nevicava. Non so se ci eravamo preoccupati di accendere il riscaldamento, ma un po' di freddo doveva esserci, insieme immagino a qualche scricchiolio. Lo so quanto sia patetico tutto questo. Eppure quella scena mi torna in mente ogni volta che entro in un teatro, ed è una cosa che faccio di frequente. E certe volte sto male da quanto sento forte il desiderio di farlo, almeno una volta nella vita, di camminare a piedi nudi sul palcoscenico. È ridicolo, ma in quei momenti a essere ridicola mi pare la mia vita...

Mentre ascolto, penso che c'è un preciso istante in cui capiamo di non poter piú archiviare le cose che non facciamo in un file «lo faccio dopo». Per questo quelle cose, quelle che non abbiamo fatto ma ancora di piú quelle che non ci siamo permesse di sognare, diventano tanto importanti. Leggende. Come quella di un divano trasportato sul tram.

Le racconto che solo pochi mesi fa ero al mare. Una sera sono andata sul molo. Ero sola, stavo facendo un lavoro che mi appassionava, era l'inizio dell'estate, c'erano le avvisaglie di un nuovo amore, il giorno dopo sarebbero arrivate delle amiche per festeggiare un compleanno. Ero felice e sapevo che non sarei mai piú stata cosí felice. Lo sapevo davvero, al punto che già sentivo la nostalgia di quel momento. Quello che non sapevo è che non era vero. Perché dopo è successo questo. Tutta quella felicità in effetti se ne è andata, l'amore è rimasto un'avvisaglia, il lavoro è diventato routine, la festa è finita... Però la felicità non è scomparsa, si è solo diluita, per appoggiarsi sui giorni a venire a piccole dosi. Quando la somma di tante piccole felicità supera il concentrato di un giorno, facciamo fatica a darle lo stesso nome, eppure è cosí che vanno le cose.

Che è un po' quello che ci sta succedendo adesso, in una serata che non ha nulla di memorabile, salvo la complicità.

Ci accorgiamo che raccontarci le nostre storie ci fa sentire al caldo. Il che significa che ci stiamo bene dentro. Forse non abbiamo avuto un lieto fine, ma tanti lieti fini sí. Questi li abbiamo avuti. E che bello che in tutta la sera nessuna abbia mai detto *ti ricordi*.

Quando ci salutiamo, sto bene, e so anche che non ci perderemo di nuovo di vista. Almeno fino alla mia prossima digressione, almeno fino a quando lei non deciderà di ristrutturare la casa. Il che è verosimile che succeda, mica ci si è ristretto l'immaginario.

Mentre carico la lavastoviglie mi accorgo che c'è qualcosa che non quadra. Avrei dovuto parlargliene, devo ricordarmi di farlo la prossima volta. Riguarda la lampadina, quella dell'unico teatro in cui lei è salita sul palco, quando aveva diciassette anni.

Da quanti watt era quella lampadina? Perché insomma, mica esistevano le alogene, e anche fosse stata cento watt, una lampadina, da sola, in un teatro, può fare ben poco... Lei magari, visto che era vestita di bianco, la si poteva intravedere, mentre camminava, anzi incedeva, ma lui, come faceva lui a leggere?

Studio della dottoressa Orsetta Nigroni Merri

– Buongiorno dottoressa. Questa volta credo proprio di aver esagerato.

Confessare di propria spontanea volontà è sempre una buona tattica, è il consiglio che danno tutti i poliziotti ai colpevoli.

– Avanti, confessi.

Acc! Non le basta un'ammissione generica. Vuole i dettagli. E poi chissà perché usa parole del genere, da poliziotto, appunto. Mi mette a disagio, forse è proprio quello che vuole.

– Beh, della cena, dell'anatra ecc., ha già letto. Un pochino abbondante, ma in fondo piú che una cena era una celebrazione. E poi come ha visto non mi sono dimenticata del finocchio, che aiuta a digerire.

– Sa che roba. E i lamponi con la panna?

– L'ha letto, cercavo qualcosa che predisponesse a un pacato e non conflittuale momento regressivo, – spiego, abbastanza orgogliosa della definizione tecnica.

– Se è per questo, anche un omogeneizzato era adatto allo scopo. Non tergiversi. Oltre alla cena? Mica ho tempo per contare quante calorie ci sono nelle sue pagine.

– Beh, ci sono due spritz, anzi uno e mezzo, il secondo l'ho mollato a metà. Poi vediamo: seppie al nero, sarde in saor, Tocai, tè all'arancia, gin tonic… Direi che è tutto. Anzi no, c'è anche l'insalata di Aurelio, ma quella non conta, è sana.

– Cosa è sano e cosa no lo decido io. Almeno quella non poteva lasciarla mangiare solo ad Aurelio?

– Non scrivo di cose che non conosco. Verifico la notizia, come si dice in gergo.

– E come si dice in gergo quello che ha bevuto? Verdicchio o Gattinara?

– A dire il vero, tutti e due.

– Tutti e due? Non pensa mai di esagerare?

– Dovevo testare l'abbinamento.

– E qual è stato il risultato di questo cosiddetto test?

– Entrambi. Vanno benissimo entrambi. Per questo li ho lasciati, nel capitolo intendo, non nel bicchiere.

– Su questo non avevo dubbi. E i due seduti sul masso, cos'hanno mangiato?

– Loro niente, lo giuro. Erano loro a essere divorati, dal dubbio. Per solidarietà ho digiunato anch'io.

– E continuerà a farlo per tutta la prossima settimana. Solo acqua e centrifugati di verdura.

– Non può farmi questo, dottoressa. Siamo a dicembre, ci sono le feste.

– Aveva solo da pensarci prima. Dieta liquida per una settimana. Sa come mi chiamo?

– Certo che lo so, è un pezzo che vengo qui (e penso anche che Orsetta sia un nome che le si addice, ruvido e vezzoso insieme, ma ovviamente questa considerazione me la tengo per me).

– E sa qual è l'anagramma del mio nome? Non stia a lambiccarsi il cervello, glielo dico io, voi intellettuali non date mai importanza alle cose serie. È signorina Rottermeier, ecco qual è. Sono stata chiara?

Riesco solo ad annuire, e abbasso gli occhi.

– Ma ora andiamo avanti. Mi dica cosa ha dedotto da questa abbuffata, lo sa che con me può parlare. Sono una dietologa, è vero, ma ho anche una specializzazione in psicologia. L'ho presa per hobby personale, ma alla fine mi risulta utile, con persone come lei affette da disturbi alimentari.

– Io non sono affatto affetta da disturbi alimentari. Sono golosa, è un'altra cosa.

– Si sí. Insomma che ha dedotto?

– Intanto che le cose non sono quelle che sembrano.

– Ma non mi dica. Chissà quante calorie avrà consumato per arrivare a questa geniale conclusione.

– In effetti ho dovuto camminare a lungo. E Venezia è piena di ponti, tutto un su e giú.

– Poi?

– Poi che la serendipity funziona, almeno per me. Io non trovo mai le cose che cerco, ma trovo un sacco di cose che non cerco. Anche lei, per esempio. Un giorno sono uscita in cerca di storie, mi avevano raccontato di un negozio in cui si comprano storie e volevo prenderne un po'. E invece di trovare storie ho trovato Giorgio. E grazie a Giorgio ho trovato l'idea di venire da lei.

– Chi è Giorgio?

– L'ha già conosciuto. Era nel secondo capitolo.

– Allora vada con ordine. Cosa diceva a proposito della serendipity?

– Che è una bella cosa. Per dire, già da bambina, mentre ero al negozio di giocattoli a cercare pezzi di Lego che non avrei mai usato, ho scoperto l'esistenza del Dolce Forno. È con quello che ho imparato a cucinare.

– L'ho sempre pensato che ci sono in giro troppi giochi nocivi.

– E poi, come sa, da cosa nasce cosa. È vero, se mi guardo indietro, la mia vita è un po' un'accozzaglia, un guazzabuglio, ma poi, se non mi lascio prendere dalla frenesia, una specie di disegno lo vedo. Cioè, non di tipo rinascimentale, con la prospettiva, il centro, il punto di fuga e il punto di vista. Piú un affresco medievale, quelli in cui tutte le scene stavano l'una accanto all'altra, un po' come un fumetto, ma senza che l'artista si preoccupasse eccessivamente dei rapporti di causa-effetto. L'importante era squadernare tutto lí, in bella mostra, ognuno poteva ricomporsi la storia a suo piacimento, dentro la sua testa. Quello di cui invece si preoccupava era di rendere tutto il piú espressivo possibile, penso ci tenesse che nessuno si annoiasse, mentre guardava quello che aveva dipinto. Ecco, io non mi sono annoiata. E neanche Lisa se è per questo. Però lei è diversa. Lei è progredita, io mi sono espansa.

Mi pento subito della parola che ho detto, mi mangerei la lingua, gliel'ho servita su un piatto d'argento. Stranamente non ne approfitta. Probabilmente ha fretta.

Prendo fiato e proseguo:

– Voglio dire: tra lo spritz alle Zattere e la cena ci sono state due convivenze, tre lavori, quattro case, due figli non avuti, due città. Ho imparato come si fa a lasciare e a farsi lasciare. Ogni volta, ho ricominciato da capo. Gli inizi, nella mia, di vita, sono di gran lunga piú numerosi dei finali. Lo so che rispetto a quella di Lisa la mia vita è molto piú storta, ma storta significa solo non diritta, non significa sbagliata o brutta. Per entrambe tante volte non è stato facile, ma è stato anche molto bello. Del resto, chi ha voce in capitolo sul futuro? Ma sul presente sí, ce l'abbiamo. Insomma, possono esistere due lieti fini, no?

– Due forse, non tre. Mi riferisco a quello che starà scritto sugli esiti delle analisi del sangue, che domani, e con domani intendo domani, andrà a fare.

Malgorzata. Anzi no: Margherita

Per tutta la mia infanzia e adolescenza Milano (io vivevo a Torino) non era solo una città piú grande, forse anche piú moderna, insomma «la città» (nessun torinese l'avrebbe ammesso, ma è cosí che si presentava nella nostra testa, come i greci romei che, nonostante le vessazioni, continuano a chiamare Istanbul non Istanbul, ma, appunto, «la città». Con questo non voglio dire che Milano assomigli a Istanbul). Non era, dicevo, solo questo: Milano, o piú precisamente «l'andare a Milano», era l'unità con cui si misurava (io misuravo?) il successo di una persona. Era l'altrove degli uomini importanti. Ci andavano in giornata e le mogli trovavano sempre il modo di farlo sapere. Chiamavano le amiche, sospetto solo per poter dire che quella sera no, non potevano uscire, perché Mario (o Sandro, o Lele, o Luciano) non si sapeva a che ora sarebbe rincasato, era dovuto andare a Milano (il tono di voce si alzava un pochino sulla Mi e poi scendeva subito, come per non dare l'idea di volersene vantare). A Milano le persone *mangiavano un toast al volo, in un bar*: e già questo era esotico. Una volta mi avevano portata non a Milano, ma a Bergamo, e in autostrada ci eravamo fermati a prendere qualcosa (prendere qualcosa, non mangiare) all'autogrill di Novara. Uno dei pochi, allora, di grandi dimensioni, con il settore bar e ristorante a ponte sull'autostrada. Vedere la sfilata di arrosti, pollo, manzo, tacchino (intero!) in bellavista al banco del self service (al tempo la gestione era Pavesi) aveva ulteriormente alimentato le mie fantasie: cosa poteva esserci di meglio di una città in cui si mangiava *un toast al volo*, per poi disporre, al ritorno, di tutto quel ben di dio? Da grande, di sicuro, volevo andare a Milano (nell'attesa che arrivasse quel momento, confesso di aver a lungo insistito per essere portata a festeggiare il mio compleanno – cade in dicembre, dunque le probabilità che ci fosse la nebbia erano abbastanza alte – all'autogrill di Novara, ma il sogno non si è mai realizzato). Con gli anni, avevo un po' rivisto gli obiettivi senza cambiarli nella sostanza. Insomma, sarei stata una donna che andava a Milano, ma al ritorno avrei mangiato arrosti misti. Insomma, sarei diventata una donna di successo, golosa lo ero già.

Negli anni dell'università avevo cominciato ad andarci davvero, studiavo arte e tra mostre e musei c'erano spesso ragioni che giustificavano la trasferta. Ci andavo in treno e non vedevo neanche un ufficio, però per qualche strana ragione la realtà non aveva del tutto sostituito la fantasia. Poi ci sono andata, e tanto, per lavoro, e lasciavo in segreteria messaggi come questi, al mio fidanzato: «Devo andare subito a Milano per una riunione, torno in serata ma non aspettarmi, non so quando finirà». Però non ho mai mangiato al ristorante dell'autogrill. È una cosa di cui mi dispiaccio ancora.

Poi, puff, tutto è finito. La gente figa, maschi o femmine non importa, non andava piú a Milano: a seconda di quello che facevano, e per cui erano fighi, andavano a Barcellona, a Berlino, a New York... E io ho smesso di andare a Milano, per il semplice fatto che mi ci sono trasferita.

Non è stato un gesto di grande originalità, tenuto conto che, a quanto pare, la stessa cosa l'hanno fatta altri 487 761 italiani (e 231 066 stranieri: cosí dicono all'ufficio anagrafe). Il che significa che ben piú della metà della città oggi è abitata da cittadini che hanno imparato a camminare su altre strade.

Il che a sua volta è poco originale, visto che la stessa cosa sta succedendo in tutto il mondo.

Mi sono portata dietro mobili e masserizie varie, ma altre cose le ho lasciate dov'erano o me ne sono sbarazzata dopo i primi mesi. Ad esempio, a Milano ho smesso di prendere il pullman, qui uso l'autobus, la mia amica Chiara è rimasta a Torino, però qui ho conosciuto *laChiara*, che è anche lei molto simpatica; a Torino poche persone si avvicinano al duomo, mentre qui tutti sono continuamente in duomo. E naturalmente via Caboto ha tutto un altro aspetto.

Ma insomma, si tratta di piccole cose. Non ho avuto bisogno di cambiare occhiali, solo ritarare leggermente lo sguardo, allargandolo un po'.

Detto del non trauma dell'evento, resta il fatto che tuttora, a distanza di anni, persiste la sensazione di un lieve straniamento, quello di non essere mai in un luogo in cui le immagini di oggi si sovrappongono a quelle rimaste nel retrobottega dello sguardo. E la cosa curiosa è che questa sensazione me la porto dietro anche quando mi capita di tornare a Torino. Anche qui sento sempre la presenza di un *qui* e di un *là*, e per qualche ragione mi ritrovo sempre tra le mani il *là* ben piú del *qui*. Avete presente quella sottile sensazione di stupore che si avverte quando si cambia casa e, per un tempo che forse non finisce mai davvero, ogni volta che ci si affaccia alla finestra si guarda appena un po' straniti un panorama che non è quello che ha abitato per anni i nostri occhi?

E non è detto che sia un male, anzi. Questo leggero strabismo con cui si finisce per guardare tutto quello che ci sta intorno può risultare di tanto in tanto faticoso, ma è anche sinonimo di libertà. Proprio perché non ancora consumato, tutto è ancora possibile.

Non so quanto il paragone ci azzecchi, ma a me fa venire in mente un libro letto molti anni fa e che non ho piú riletto (fare la tara con la memoria). È uno dei primi di Ian McEwan, s'intitola *Il giardino di cemento*, e racconta di quattro fratelli (maschi e femmine, questo lo ricordo, ma non ricordo in quale percentuale). Piú o meno all'inizio del libro, o forse anche prima che il libro inizi, la madre dei ragazzini, già orfani di padre, muore. Qualcuno di loro, invece che chiamare la polizia, o il medico, o i parenti, o i vicini, insomma qualcuno, decide di seppellire (anzi: mettere sotto cemento, da cui il titolo) la signora nella cantina di casa. I bambini da quel momento continuano piú o meno la solita vita, giocano, vanno a scuola, fanno i compiti, fanno cioè cose normali. È difficile pensare a qualcosa di piú spaventoso per un bambino della perdita di entrambi i genitori, ma è anche difficile non rendersi conto di quale libertà si spalanchi di colpo in un mondo non piú popolato da adulti.

Un misto di paura e libertà che ha qualcosa a che vedere con quello che prova chi sceglie di andarsene in un luogo diverso.

Niente a che vedere, certo, con il destino dei migranti forzati (45 milioni solo nel 2012, un profugo ogni quattro secondi, secondo una recente indagine). Sono ben altre le parole che loro devono imparare, e con le parole i modi per tradurre una vita da vivere in un altrove non cercato, non voluto.

Gabriele Proglio mi ha raccontato il lavoro che sta facendo insieme ad alcuni antropologi, tra i rari piú interessati all'oggetto (meglio dire, in questo caso, il soggetto) delle indagini che alla carriera accademica. Gabriele ha parlato con un gruppo di persone provenienti dal Corno d'Africa, cercando per una volta non di dar loro voce, ma di conoscere la loro lingua. Per farlo è dovuto ricorrere a un doppio codice: quello verbale, appunto, ma anche quello visivo. Ovvero li ha fatti non solo parlare, ma disegnare, la mappa della loro storia.

Intanto bisogna intendersi sul termine mappa, e dimenticare quelle dei libri di geografia o delle guide turistiche. Dentro le mappe disegnate dai protagonisti non entra solo lo spazio, ovvero la geografia, ma anche il tempo: il prima, il dopo e il durante, e le emozioni che scandiscono il viaggio. La precisione non del tratto ma del susseguirsi di luoghi e disagi nasce anche da una sorta di allenamento forzato cui si sottopongono i migranti: sono queste le domande cui devono rispondere al colloquio con le Nazioni Unite, attraverso cui sperano venga loro riconosciuto lo status di rifugiati politici. Che tradotto significa continuare a vivere, sebbene male, o essere rispediti nei luoghi d'origine, dove la fine è purtroppo nota. Cosí mettono in fila luoghi, date, provenienze, che forse preferirebbero dimenticare. Il mare, ad esempio, non è una porzione di spazio, ma un problema. Il Mediterraneo non ha confini, è un luogo indefinito abitato dalla paura (Ismail, 22 anni: *Avevo paura del Mediterraneo e del deserto dietro di me*, scrive sulla linea di confine). Quando si chiede loro di definire il posto in cui si trovano ora, non compare solo l'Italia, in cui sono, ma il punto di partenza e quello in cui vorrebbero arrivare. La migrazione non è un viaggio, è uno *stare in mezzo*. Non è qui che vogliono rimanere, vogliono andare o vogliono tornare. I paesi da cui provengono, è il caso del Sudan, sono posti abitati da bocche giganti che catturano e mangiano, e pieni di donne (gli stupri sono la causa principale dei sequestri. Sincri, donna somala, lo dice chiaro e tondo: *Avevo paura degli uomini*). Peggio ancora vanno le cose durante il passaggio in Libia, che infatti non chiamano Libia, ma *Fara*, che vuol dire paura. Si riferiscono certo alle condizioni disumane di viaggio, ma anche ai continui taglieggiamenti di denaro cui vengono sottoposti da autorità di dubbia autorità. Spuntano fuori anche alcuni termini delle lingue d'origine che abbracciano completamente i loro stati d'animo, come l'italiano e l'inglese (che conoscono a stento) non possono fare. Il viaggio dal Sudan alla Libia si chiama ad esempio *xanbar* (qualcosa di pesante sulle spalle che impedisce il cammino). Gli internati somali nei campi kenioti vivono il *bufis*, una condizione che fa perdere il fiato. E se riescono a partire lo fanno comunque con grande fatica, ovvero provano la sensazione di *isdib*, che sta per portare (quasi letteralmente) i familiari sulle spalle. Però queste sono anche astrazioni che prescindono dalle contingenze, tanto è vero che quando menzionano l'*isdib* o il *bufis* lo fanno come se queste fossero condizioni generali e non personali. Ecco, sono queste le cose che mi ha raccontato Gabriele Proglio, che non ha alcuna intenzione di smettere il lavoro di ricerca. Per ora lo ringrazio[4].

[4] Gabriele Proglio lavora al Dipartimento di Storia dell'Università di Torino; è dottore in Storia Culturale presso l'Università di Torino e l'École des Hautes Études en Sciences Sociales di Parigi. Si occupa di immaginari coloniali e postcoloniali, di memorie collettive e di storia orale. Ha pubblicato numerosi saggi e articoli. È autore, tra l'altro, di *Memorie oltre confine* (Ombre corte, Verona 2011) e curatore della raccolta *Orientalismi italiani*, 3 voll. (Antares, Alba 2012 e 2013).

Ma ora provo a riprendere il filo delle parole che ho usato in prima persona. Dicevo di Margherita. Cioè non lo dicevo ancora ma è di lei che volevo parlare, della mia amica polacca che vive a Torino. Il nostro è stato un disincontro.

Basta spulciare tra i libri di narrativa esposti sugli scaffali di una libreria per accorgersi che ci sono molti romanzi che parlano di persone che vivono fianco a fianco e non s'incontrano mai. Sbirciando le copertine, ci si immagina personaggi che frequentano lo stesso quartiere, bevono il caffè nello stesso bar, lavorano in uffici che si assomigliano; quando partono, partono per gli stessi luoghi: l'unica cosa che non gli capita mai è incontrarsi. Eppure sarebbe bello se questo accadesse: potrebbe nascere un amore, se i personaggi in questione sono un lui e una lei, oppure un sodalizio di lavoro, un'amicizia, o anche solo una messa in comune delle loro solitudini. Insomma, sarebbe proprio bello che s'incontrassero, mentre leggiamo tifiamo perché questo avvenga, anche alla fine va bene lo stesso, giusto per poterci mettere l'anima in pace. Si dorme meglio, quando si è letto un libro che finisce bene. Per questo siamo frustrati quando non accade. E come noi è frustrato l'autore, che ha fatto di tutto, davvero, per fare in modo che quelle persone si conoscessero, ma loro testarde no, hanno continuato ad andarsene per la loro strada. Del resto sono fatti cosí i personaggi dei libri: certe volte fanno quello che gli pare, a dispetto della penna che li ha fatti nascere si comportano come degli adolescenti. Cosí del resto va il mondo, e forse proprio per questo noi, e l'autore con noi, ci arrabbiamo. Ma loro, i personaggi, non si arrabbiano. Per il semplice fatto che nulla sapevano dei nostri maneggi da maldestri cupidi per metterli insieme. Cosí se ne vanno tranquilli per la loro strada. Magari sono infelici, certo, anzi quasi sempre lo sono, altrimenti mica farebbero di mestiere i personaggi dei libri. Ma sono infelici per tutt'altre ragioni, non per non essersi incontrati.

È piú o meno cosí che è successo tra me e Margherita. Per anni abbiamo saputo l'una dell'esistenza dell'altra, nulla piú. Ma evidentemente quel nulla ci era piú che sufficiente.

Abbiamo dovuto aspettare che io me ne andassi dalla città in cui lei era arrivata, che lei cambiasse lavoro, iscrivesse sua figlia all'università, io a mia volta cambiassi lavoro e abitudini, mi costruissi una nuova geografia, di luoghi e di cose da fare, perché capitasse che c'incontrassimo, questa volta davvero. È successo a Parigi, un giorno di Natale. È stato lí che, complice Barbara (la stessa che sapeva tutto di Viola, compreso l'ordine cromatico con cui sistemava la biancheria intima, e che sapeva, non ci sarebbe bisogno di dirlo, tutto di Margherita e di me), insomma a Parigi quel giorno abbiamo preso un aperitivo insieme, aperitivo che poi è diventato una cena in un ristorante vicino, e nei giorni seguenti un giro in libreria, una *promenade*, un'ora all'*hammam* della moschea araba, una cena con un altro amico (questa volta mio, non di Barbara, *tiè)* anche lui a Parigi per festeggiare il suo compleanno, poi è diventato un discorso che non aveva sonno e ci ha tenute sveglie fino a tarda notte... Insomma un pezzettino di viaggio e uno di vita. È dovuto succedere tutto questo perché ci conoscessimo e ci riconoscessimo.

È stato lí, dentro quelle fredde giornate parigine, che ho iniziato a vedere la sua storia. E ho appreso alcune cose: intanto che Margherita non si chiama Margherita, questo è il suo nome italiano, quello vero, polacco, effettivamente impronunciabile, è Malgorzata (inutile che ci proviate, non si dice come si scrive).

Poco importa che sia impronunciabile, almeno per ora, perché quella con cui ho parlato e poi parlato ancora e ancora era sempre Margherita, donna affermata sul lavoro e paga degli affetti, ogni tanto un po' stanca e un po' stressata, ma tutto sommato ben sistemata sul suo baricentro. Malgorzata, la polacca, quella non mi era ancora stata presentata: sapevo a stento che aveva una madre a

Varsavia, e pure un fratello, cui era molto legata ma che andava a trovare di rado, quando era in vacanza dalla sua nuova nazionalità.

Per conoscere questa giovane donna ho dovuto aspettare qualche anno, e fare di nuovo, non proprio un viaggio, ma almeno una gita fuori porta, a Castell'Arquato.

Non c'è bisogno di doti telepatiche per immaginarlo: ero lí perché lí c'è un ottimo ristorante. Si chiama *Taverna del Falconiere*, la sala interna è gradevole, la vista dalla terrazza incantevole, dall'alto si vede un paesaggio di colline morbide, coltivate a vite (qui producono il Monterosso Val d'Arda, vino difficile da trovare altrove). Insomma, uno di quei posti che per le guide «valgono una deviazione», se non un viaggio. Ma, che ci crediate o no, non era questa la sola ragione per cui desideravo tornarci con Margherita e, va da sé, Barbara (mica potevo farle perdere una puntata...) L'altra è che il locale è gestito da una coppia tanto simpatica quanto stranamente assortita (siamo in un piccolo paese dell'Emilia, non in una metropoli): il cuoco, specializzato in cucina del territorio, in realtà non è emiliano, ma piemontese. E fin qui... La moglie del cuoco, nonché insieme a lui proprietaria del locale, competente di vino e capace di accogliere i clienti con lo stesso calore che si riserva a un amico che arriva a casa propria, è una bella giovane donna che si chiama Malgorzata ma da quando è in Italia si chiama Margherita.

Esaurite le presentazioni del caso, festeggiata la casualità dell'incontro, abbiamo pranzato. Ricordo distintamente che il cibo era ottimo, ma non che cosa abbiamo mangiato. Questo ho dovuto chiederlo a Barbara, che ovviamente l'aveva archiviato con precisione in un apposito file mentale. Cappelle di funghi alla griglia, tortelli di patate al tartufo nero, una porzione di anatra da condividere in tre, dolce al cioccolato, su quest'ultimo è stata un po' imprecisa, si vede che le era passato l'appetito.

Verso la fine del pasto, al momento del caffè, gli altri

clienti ormai sazi e appagati, il cuoco e la moglie sono venuti al nostro tavolo. Le due Margherite hanno cominciato a parlare. A un certo punto si sono persino scambiate qualche frase in polacco. Ma non è stato in quel momento che mi sono accorta che stava cambiando qualcosa. E non perché non capissi quello che si dicevano, non lo capivo ma leggevo il linguaggio del corpo della mia amica (prossemica, credo si dica in termini scientifici) e quello, il corpo, non era cambiato per nulla: stesso sorriso che si alterna a un cipiglio piú grave, assertivo, stessa volontà di lasciarsi andare senza mai farlo davvero del tutto, la parte vigile allontanata dal tavolo ma non dalla stanza. Insomma, la solita Margherita. Non è stato in quel momento ma un po' piú tardi, quando le due, e questa volta in italiano, credo per gentilezza nei nostri confronti, hanno cominciato a parlare di un luogo, una regione di laghi e di alberi e di biciclette, in cui passavano le vacanze da ragazzine, picnic, graffi sulle gambe, bagni e punture di zanzare. Solo allora mi sono resa conto di quanti chilometri era stato lungo il viaggio che aveva condotto Malgorzata a diventare Margherita. E di quante cose, passo dopo passo, aveva messo in soffitta, convinta forse che mai ci sarebbe tornata in quella soffitta, a scartabellare nella sua storia. Bauli che forse un giorno avrebbe aperto sua figlia, o forse no, se ne sarebbe disfatta, come tutti ci disfiamo del baule della nonna che dopo aver spostato piú volte alla fine non sappiamo dove mettere. Certo, è anche bello, o forse solo carino, ha persino qualcosa di commovente nel suo contenuto reso fragile dal passare del tempo, ma non c'è posto, per lui, nelle nostre piccole case troppo strette anche solo per contenere il presente.

Oppure no, si sarebbe comportata altrimenti: magari un giorno avrebbe sentito il bisogno di spacchettarlo o almeno di fargli una carezza, di toglierlo dalla naftalina. Anche queste sono cose che succedono, specie dopo un evento importante: una nascita, un lutto...

Non so cosa avrebbe fatto lei, ma so cosa ho fatto io. Perché a me è venuta una gran voglia di andare a rovistare là dentro. Insomma, di ficcarci il naso.

Sulle prime era restia: non c'è niente che valga la pena di raccontare, niente di abbastanza interessante, continuava a ripetere. In una formula strana, che nulla ha a che vedere con la timidezza, credo si possa dire senza dubbio che è discreta. Ad esempio per come si veste: elegante, classica, mai niente fuori posto. Voglio dire, neppure un particolare che potrebbe non dico metterla in mostra, che so, una scollatura un po' piú profonda, un tacco 12, o un abito strizzato in vita; intendo neanche un colore sgargiante, un dettaglio spiazzante. Insomma, dopo elegante si deve mettere il punto e andare a capo.

È un po' cosí anche nel lavoro: lavora molto e bene, viaggia continuamente, chiude con la mano sinistra contratti in Cina, in India, in Russia, e guadagna immagino molto piú di quello che potremmo mettere insieme io e tre o quattro delle mie amiche squattrinate. So che ha iniziato a lavorare nel settore *automotive* appena arrivata in Italia, un posto da impiegata acchiappato per caso. Poi, pian piano, ha fatto carriera. Questo lo so ma non ho la piú pallida idea di cosa sia l'*automotive*. So in compenso che effetti ha su di lei: strattonata di qua e di là, passa piú tempo fuori che a casa. Ogni tanto per due tre settimane finisce in una sperduta località della Russia, solo freddo e uno stabilimento: deve seguire la messa in opera di macchinari misteriosi. Fa riunioni che possono finire alle tre del mattino, e poi alle sette è di nuovo sull'aereo. Fa anche un sacco d'incontri interessanti, e stringe amicizie, di qua e di là, dipende dai viaggi. Qualche tempo fa, in quella sperduta località della Russia dove ogni tanto le tocca passare settimane, ha incontrato per esempio una sciamana. Una che ti guarda, ti avvicina una pietra, e a quel punto sa tutto di te: umore, magagne di salute, in che posizione è l'asticella della tristezza. È stata un'esperienza strana, racconta.

Alla fine capitola, e mi fa entrare in soffitta, o almeno mi offre le chiavi, non è detto che abbia intenzione di farmi compagnia. Malgorzata è nata a Varsavia nel 1960. La sua è una famiglia relativamente agiata: il padre è ingegnere, la madre tecnica delle luci in un teatro. Quella in cui cresce è una Polonia pacificata, placida. Le immagini che la sua memoria restituisce non hanno nulla a che vedere con il film in bianco e nero in cui, secondo i media occidentali, erano sprofondati i paesi che chiamavano «d'oltrecortina». Come racconta Margherita oggi, non ha mai avuto problemi: qualche volta è anche andata all'estero, e tra l'altro in Italia, dove a diciassette anni ha frequentato l'università per stranieri di Siena, facendosi un sacco di amici e imparando la nostra lingua. Certo, il passaporto lo teneva in questura, e non nel cassetto della scrivania, ma in fondo, dice saggiamente, non è piú difficile trovare un idraulico?

Dal suo punto di vista le cose si complicano a partire dagli anni Ottanta, quando entrano in scena Gorbačëv, Reagan, Solidarność con Wałęsa e il papa polacco Wojtyła. Nessuno si mette in seconda fila.

In quel periodo, Malgorzata si trasferisce a Cracovia, dove frequenta la facoltà di filologia italiana (a modo suo, si vede che era già una ragazza seria, mica come me che sognavo d'iscrivermi al Dams di Bologna, attratta dal mito di Dalla e Guccini e delle osterie piú che dal piano di studi). Cracovia comunque è una città universitaria, piena di giovani che arrivano da tutta la Polonia, da soli per la prima volta. Infatti, a suo dire, tanto seria non era: condivide l'appartamento con un'amica, si fa un sacco di amici e fidanzati a tempo determinato, tira tardi la sera, segue il copione della vita da studente. Aveva nel frattempo conosciuto un ragazzo italiano di nome Mauro durante un lavoretto da interprete acchiappato in occasione di una fiera, al tempo in cui preparava gli esami di ammissione. Finita la fiera, Mauro, lui sí, era stato messo in seconda fila: lei aveva altro per la testa, e poi è noto che i ragazzi italiani in Polonia cercavano solo avventure facili. Insomma, ci vuole un po' di orgoglio...

Per Mauro è stato amore a prima vista (almeno: lui oggi dice cosí, lei non ci crede troppo, ma penso per ritrosia congenita). Per lei era un'avventura: *Lui andava e veniva, sentivamo insieme Battisti, le telefonate in teleselezione* (sic, nel senso che chiamavano cosí le telefonate internazionali) *mica costavano poco, e io volevo continuare a studiare.*

Ma il compromesso dura poco. In occasione di un suo compleanno, che è in maggio, e forse conviene appuntarsi che maggio significa primavera anche in polacco, Mauro le fa un'improvvisata e va a trovarla. Ma non per festeggiare, per metterla di fronte a un aut aut: *o mi sposi o ci lasciamo, non mi va di continuare cosí.*

Lei prepara i bagagli e parte per l'Italia.

Da qui in avanti, il discorso prosegue e non s'inceppa, e neppure la storia che racconta. Ora si chiama Margherita, è questo il nome che le ha dato Mauro quando si sono conosciuti e a lei è piaciuto.

Ha deciso cosí in fretta... Niente è andato storto?

No, mi pareva naturale parlare italiano. No, preferisco il cibo italiano. No, mia mamma mi mancava un po', certo, ma la sentivo al telefono tutti i giorni. No, l'università non m'interessava piú, volevo lavorare.

Ammette solo qualche problema burocratico per aver tenuto due passaporti. Insomma, l'Italia da altrove fa in fretta a trasformarsi in luogo comune. Di cui non vale la pena parlare. Salvo dir male dei film di Verdone e prendersela con chi sceglie Cracovia come meta di turismo erotico. Qui non ha problemi neppure come immigrata: *Quando sono arrivata, in Italia non c'era molta immigrazione, sono stata accolta con calore e curiosità.*

È perfettamente a suo agio nella nuova vita, che procede su strade che stanno alla periferia della nostalgia. Un susseguirsi di pro senza contro.

Da parte sua, sembra far sempre tutto quello che deve, non bene, meglio. La suocera (che tanto per cambiare è gentile e affettuosa, sebbene ogni tanto, è costretta a confessarlo, *mi metteva in vetrina con i conoscenti come fossi un animale esotico*) è di origini toscane e le dà lezioni di vita quotidiana: cosa comprare al supermercato e cosa dal fruttivendolo, qual è il giorno del mercato... *Ogni tanto ho provato a cucinare polacco, erano tutti curiosi, era difficile trovare gli ingredienti (del resto: da quando il curry si trova al supermercato accanto alla passata di pomodori? E le casalinghe di Cuneo hanno iniziato a usare la salsa di soia al posto del sale «perché fa meno male»?*)

In un breve giro di anni, comunque la suocera diventa parte del paesaggio domestico. *La vedevo tutti i giorni, mentre mia madre la sentivo solo al telefono. In tutti questi anni, mi è sempre mancata la sua presenza fisica. È questo l'unico vero rimpianto.* E poi c'è un'altra ragione che spiega la sua ritrosia, la scoprirò piú avanti, e c'entra con il rispetto per gli altri. In quegli anni, mi racconta, molte persone erano costrette a lasciare la Polonia per motivi che non avevano nulla a che fare con l'amore: *rispetto alla loro, la mia vita è di una banalità da sbadiglio*. Il discorso è chiuso.

Ora mi sento straniera a Varsavia. Lo skyline è diverso, aggiunge senza neanche pensarci.

Ma sono io a questo punto che ho bisogno di pensare. Metto il testo (intendo le chiacchiere) in pausa ed esco a prendere aria, fuori da quella soffitta in cui ho trovato storie diverse da quelle che cercavo. Sembra davvero cosí: vent'anni di vita in Polonia in due sole pagine. Giusto per dire che là lo skyline è diverso. E ci mancherebbe fosse uguale, anzi, spero almeno sia migliore di quello di Torino...

Sono un po' disorientata. Io avevo piú o meno già scritto la sceneggiatura di un film, che opportunamente si sarebbe intitolato *La scelta*. Immaginavo contorcimenti, ripensamenti, notti in bianco, litri di vodka e sigarette come noccioline. Sempre con la stessa domanda che frulla in testa, un ritornello ossessivo: «Amore o radici? Passato o futuro?» Non avevo tralasciato nessun ingrediente per creare un pathos che fosse degno dell'ambientazione. Varsavia e Cracovia mi parevano il setting ideale: fredde, antiche, sentivo quasi il rintocco delle campane nella notte gelida. Invece era pure primavera!

Finisco per fare la cosa che da sempre mi riesce piú facile: pensare ad altro. Cioè divagare e vagabondare. L'appiglio lo offre un particolare della storia, questo sí inconsueto. Quello tra Malgorzata (o è già diventata Margherita?) e Mauro non è stato dunque amore a prima vista (o forse per lui lo è stato, non per lei, che non ha fatto i bagagli per un colpo di fulmine). Pure io ci credo poco nell'amore a prima vista, forse perché non mi è mai capitato. E confesso che mi rassicura non essere l'unica a pensarla cosí. Per questo vado spesso a caccia di esempi. Uno l'ho trovato dentro questa storia, che mi piace raccontare perché oltre a essere bella mi pare buona.

Da sempre passo le estati in un piccolo paese della Riviera ligure. In un certo senso, lo faccio da prima di nascere: la casa era stata acquistata da mia nonna. Per qualche strana alchimia, è uno di quei posti in cui chi viene lo fa per restare. Ogni estate, piú o meno, si rivedono le stesse facce, e chi lo frequenta sa che qui gli anni si contano col numero dei saluti che ci si scambia al mattino dal fruttivendolo. Non ho mai fatto molta vita sociale fino a quando, complice la sciatica su cui ora posso parlare con cognizione di causa, non ho abbandonato la spiaggia libera per quella attrezzata, dove ci sono i lettini e gli ombrelloni e le chiacchiere. Alcune di queste, le chiacchiere intendo, si sono trasformate in discorsi e in amicizie. Estive, certo, ma non piú conoscenze.

Il paese è piccolo, il traffico automobilistico vietato e alle tre del pomeriggio i bambini godono di una libertà che non possono sperimentare altrove. E la usano. Cioè stanno alla larga dalla spiaggia per giocare in pace. Qui le partite a guardie e ladri possono durare ore, quando per nascondersi non ci si ammucchia nel ripostiglio delle scope. Ecco, questa è l'ora dei bambini, che noi adulti lasciamo volentieri nelle loro mani. È dentro quest'ora che un'amica mi ha raccontato la sua storia. Non è una storia eccezionale, per questo mi è piaciuta molto. Perché? Intanto perché parla d'amore, anzi, di un secondo amore. Poi perché galeotto non è stato un tramonto, ma una sporta della spesa. Buona. Ma faccio prima a raccontarla. Entrambi i protagonisti sono reduci da un matrimonio finito senza troppe lacrime e rancori. Un po' i due si conoscevano: da qualche anno gli capitava d'intrattenere rapporti d'affari. Nel senso che lui aveva guadagnato, lei aveva speso (no, non si tratta di un raggiro. La verità è un'altra: lei ogni tanto comprava un gioiello da lui, che faceva l'orafo. E certi acquisti, si sa, richiedono tempo, valutazioni, consigli). Continuavano a darsi del lei e i loro discorsi luccicavano solo di oro e d'argento. Per arrivare al primo upgrading, ovvero al tu e all'amicizia, e iniziare a vedersi e non solo guardarsi, c'è stato bisogno, appunto, di una borsa della spesa. E prima ancora di un invito buttato lí una sera, poco prima dell'ora di cena. I due si sono incontrati per caso, abitavano vicini senza saperlo, e lui le ha detto di essere sul punto di andare al ristorante, si era accorto di avere il frigorifero vuoto. Aveva voglia di accompagnarlo? Lei ci ha pensato un attimo e ha accettato. A farla decidere è stato il pensiero del suo frigorifero, vuoto pure quello (ai single è una cosa che capita con una certa frequenza). I due si sono accorti di stare bene insieme, hanno iniziato a ridere e parlare e insomma, di lí a una settimana lui l'ha chiamata per ripetere l'esperienza. Solo che a quel punto lei si era ammalata, aveva l'influenza. Un'ora dopo la telefonata, lui si è presentato a casa sua con una sporta piena di prelibatezze, salmone, lamponi e quant'altro, e, strano ma vero, una mazzetta di riviste di gossip. A quel punto lei ha pensato non che gentile (o che buono, come avrei fatto io): lei ha pensato che mai in quarant'anni un uomo si era preso cura di lei in modo cosí semplice e spettacolare. Il gioco era fatto, lui è entrato in casa e da allora non ne è piú uscito. Dopo un po' si sono sposati, e ora sono una delle coppie piú affiatate che conosco.

Il cambio d'aria e stagione ha fatto bene anche ai miei pensieri, ora un po' meno arrugginiti dalle notti buie e tempestose.

La volta dopo che incontro Margherita siamo a Sarzana, una cittadina ai confini tra Liguria e Toscana a pochi chilometri dal mare. Un posto in cui è piú bello tornare che andare. Una città senza smancerie, solida, affidabile. Affettuosa. Come Margherita che incontro in piazza. Il tempo di salutarci e decidiamo di sederci ai tavolini all'aperto di un caffè.

– Ti ho portato delle tisane da Varsavia, ricordami di dartele prima di partire.

Le tisane polacche sono ottime, molto saporite e un po' speziate, stanno alla camomilla come il risotto con l'ossobuco sta al riso in bianco.

– Che dici, ne prendiamo una, di tisana?

– Non preferisci un bicchiere di bianco?

– Magari piú tardi, ora meglio una tisana.

Alla fine la ordiniamo entrambe. È cosí Margherita, si adatta. Se è con un gruppo di russi che fanno le tre del mattino a bere vodka e mangiare caviale proibito, non solo tiene botta, si diverte pure. E con lo stesso piacere condividerebbe una cena vegana, al punto che mentre si alza da tavola chiederebbe la ricetta di «quello squisito spezzatino di soia», vorrebbe provare a cucinarlo anche lei. Non lo fa per compiacenza, lei è proprio cosí, a suo agio in qualsiasi circostanza. Un giorno mi ha detto di essere come una squaw, potrebbe stare dovunque portandosi appresso solo la sua tenda. A questo punto ci credo.

Cominciamo a parlare, un po' del piú e molto del meno.

– Arrivando ho visto un paio di negozi di cui vorrei approfondire la conoscenza.

– Anch'io. E poi vorrei comprare i testaroli e il pesto.

Andiamo avanti per un po' a fare l'inventario dei negozi che vogliamo vedere (praticamente tutti).

– E volevo anche cercare un copriletto, quello che ho è da buttare.

– Un copriletto? Aiuto... Sei sicura di avere abbastanza tempo?

– Perché aiuto? Non ho mai molto tempo, per questo voglio cercarlo qui, mentre sono in vacanza. Non è una cosa lunga, ci metto poco.

– No, il copriletto non è lungo, saranno circa due metri. È quello che viene dopo che è lungo, anzi lunghissimo. Appena cambi qualcosa in casa, finisce che rivolti l'appartamento: cambi il copriletto, e poi ti accorgi che anche il letto scricchiola. Lo sposti e noti che il parquet è dissestato. A quel punto sei costretta a ridare il bianco... E poi via, fino a quando non arrivi in cantina.

– No, no, giuro, questa volta solo il copriletto. Anche se pensavo che in effetti, mentre sono qui, un'occhiata ai tessuti per le tende...

Mi figuro il cantiere in cui ruzzolerà la sua casa per tutto il prossimo anno, e lei accampata in soggiorno, e il marito che non sa piú dove mettersi... Faccio inversione e mi dirigo sicura verso la costa, chissà che l'aria buona non disinfetti anche le sue, di elucubrazioni...

– Domani potremmo andare al mare. C'è un ristorante che conosco, uno dei pochi sulla spiaggia che resta aperto tutto l'anno. Il pesce è freschissimo, credo lo peschi il cognato, ed è pure abbastanza economico. Ma il bello è che se c'è il sole si mangia in terrazza anche a dicembre, altrimenti si sta dietro una grande vetrata e si ruba comunque un pezzetto di estate.

Programmata la gita fuori porta, e con già un po' di acquolina in bocca al pensiero del sapore del pesce e del mare, torno un attimo tra le pareti domestiche.

– Alla fine, comunque, un po' t'invidio. Tu sei riuscita a comprare due case. È vero, passi la vita a smontarle e rimontarle, ma comunque le hai. Io vivo in affitto da sempre, non ho mai guadagnato abbastanza per potere anche solo immaginare di comprarmene una. E dire che quando avevo trent'anni o giú di lí era la cosa che desideravo di piú al mondo. Vedevo le mie amiche che via via visitavano agenzie immobiliari, cantieri, improbabili venditori e le invidiavo un sacco. Ora devo dire non so piú. Certo, continuo a pensare che se avessi una casa mia il bagno lo farei cosí e l'armadio cosà, e l'idea di avere un tetto sicuro sulla testa mi toglierebbe pure non poche ansie. Ma me ne verrebbero altre, se dovessi scegliere un luogo per sempre. Uno è lontano dal mare, uno manca di servizi, nell'altro sarei troppo sola, l'altro ancora è troppo affollato... Insomma, ognuno a suo modo è troppo stretto.

Il mio borbottio non richiede risposta, per cui ci accendiamo una sigaretta, anche per scongiurare l'effetto benefico della tisana. Quando finisce, la sigaretta e forse anche l'effetto benefico, decidiamo di prendere atto che la primavera è in arrivo, il che tuttavia non significa che sia già arrivata a Sarzana. E ci spostiamo all'interno.

Ci siamo appena sedute che le squilla il cellulare. Io ne approfitto per sgranchirmi le gambe e dare un'occhiata ai giornali appesi alla parete, tenuti fermi da un bastone, come si usa nei bar vecchio stile.

Torno mentre butta a casaccio il telefono in fondo alla borsa.

– Era Erica.

– Come sta? Non mi hai ancora raccontato niente. Ha trovato lavoro?

Erica è sua figlia, si è laureata da poco, naturalmente con lode e naturalmente ha difficoltà a trovare un lavoro.

– Insomma, diciamo che lavora. È precaria e malpagata, ma almeno ha qualcosa da fare tutto il giorno, e poi sono comunque esperienze.

– Ormai si chiamano cosí, esperienze, i lavori senza capo né coda che finiscono per accettare i ragazzi.

– Comunque, da quando si è laureata, e piú o meno lavora, e piú o meno vive da sola, cioè nell'appartamento sopra di noi, ma non è piú in casa, io mi sento piú leggera.

Tace un secondo e poi va avanti, come se nel frattempo avesse messo a fuoco il ricordo.

– Per anni non ho avuto altra vita al di fuori di lavoro e famiglia. E ciononostante ero piena di sensi di colpa. Tanto per dire, mi riducevo a fare i compiti di matematica sul cellulare in aeroporto.

Mi viene da sorridere. Me la vedo, mentre corre trafelata per non perdersi l'ultimo volo, e intanto risolve equazioni.

– Non che Erica fosse problematica, anzi. Si rendeva conto che quella era la mia vita, e a suo modo mi aiutava. Quando ci sentivamo al telefono e capiva che ero stanca, mi chiedeva: «Mamma, vuoi che ti prepari qualcosa di caldo stasera?» Anch'io ero stata abituata cosí. Quando avevo dodici anni i miei genitori sono stati un anno all'estero per lavoro. Mi dispiaceva, certo, ma capivo anche i vantaggi che ne avremmo avuto tutti. Cosí, pur sentendomi in colpa, ho sempre protetto il mio lavoro. Non penso nemmeno di essere stata una madre asfissiante, di quelle che compensano il senso di colpa riempiendo di vizi e attenzioni. Ma certo, adesso che è indipendente, ho tempo per cose che non avevo mai fatto. Sto scoprendo il divertimento di andarmene a zonzo, di trasformare per una sera il mio bagno in una spa, di stare con le amiche. A proposito, è l'ora dell'aperitivo. Un bicchiere di vino bianco?

Perfetto, il bar ha una buona scelta. Dopo qualche disquisizione, optiamo per un Vermentino dei Colli di Luni, è il nostro modo d'includere il luogo nel brindisi.

– Ti ricordi che un giorno mi hai chiesto come mai non le parlavo in polacco? Non ne ho avuto il tempo, è questa la verità. Cioè, non ho avuto il tempo di creare uno spazio d'intimità tra di noi abbastanza ampio da poterci far stare un'altra lingua. Tornavo a casa la sera, era l'unico momento in cui potevo stare con lei e Mauro, e lui non volevo certo escluderlo dai discorsi. Solo per le coccole ho usato la mia lingua. L'italiano era semplicemente piú pratico. Ora però Erica si è messa a studiarlo, il polacco.

– Ma Erica l'hai voluta o è capitata per caso?

– Ad avere dei figli proprio non ci pensavo. Forse ero troppo concentrata sul lavoro, forse non ne sentivo il bisogno, va' a sapere. Questo almeno fino a quando la compagna di mio fratello è rimasta incinta. Era una notizia del tutto inaspettata, non me lo vedevo mio fratello che metteva su famiglia. Ad ogni modo, quando è nato il nipotino, sono andata in Polonia per conoscerlo. Era un bambino bellissimo, ma non è questo il punto: fatto sta che mi è venuta di colpo voglia di avere un figlio. Subito. Sono tornata in Italia che ero talmente impaziente che è stata la prima cosa che sono riuscita a dire appena scesa dall'aereo. Mauro era venuto a prendermi e non l'ho neppure salutato. Gli ho detto: «Voglio un figlio». Lui non si è scomposto per nulla: «Vuoi farlo qui o possiamo tornare a casa?» mi ha chiesto.

A quel punto è stata una strada in discesa, la gravidanza me la sono goduta, anche se ero ingrassata a dismisura. E da allora, non ho mai smesso di pensare che era la cosa piú bella che avevo fatto. Prendiamo un altro bicchiere?

Sono tentata, ma vorrei che Orsetta rimanesse esterrefatta dalla mia virtuosità. Già mi sento nelle orecchie le prediche per il fritto misto che ho intenzione di ordinare domani.

– Perché invece non facciamo due passi?

Tra poco dovremo andare a cena dalla nostra amica, ci aspetta alle otto.

Vagabondiamo per la strada principale, distratte dalle nostre chiacchiere e dalle vetrine, sbirciate a loro volta con l'occhio distratto dalle chiacchiere. Una zaffata di profumo di erba appena tagliata esce dall'androne di un palazzo. Curiose, ci avviciniamo: è un palazzo antico, d'altri tempi anche l'eleganza. Nel cortile interno c'è un bel giardino, con alberi alti, fiori in grandi vasi di terracotta un po' corrosa, e al centro un piccolo prato la cui erba è stata appunto appena tagliata. Margherita si ferma, chiude gli occhi e respira. Se ne sta lí, zitta, per un po'. Per qualche ragione, mi viene da rispettare il silenzio. Alla fine si volta, riprende l'espressione di sempre, e mi dice:

– Il profumo del sottobosco polacco... Quello non sono mai riuscita a trovarlo altrove, e non sono mai riuscita a dimenticarlo. Lo cerco nell'erba tagliata, nei boschi di mare e di montagna, ma niente da fare, non c'è.

La passeggiata è finita, ci aspetta la cena, e poi la gita

al mare, e poi le vetrine. Il nostro piccolo futuro, almeno quello che abbiamo tra le mani per i prossimi giorni, ci sembra in forma smagliante.

Studio della dottoressa Orsetta Nigroni Merri

Per una volta entro nello studio con passo garrulo, sventolando l'esito degli esami come un trofeo. In piú, ieri ho saltato la cena, mi sento eroica. Non vedo l'ora di dirglielo.

– Ha visto i risultati degli esami? (Glieli ho mandati per mail, insieme alla storia di Margherita). Non pensa siano meglio di quelli di una suora di clausura? (In realtà è quello che penso: che in laboratorio abbiano confuso il mio campione con quello, appunto, di una suora).

– Suora di clausura, suvvia...

– E da quando dice suvvia? Ha parenti toscani?

– Toscani? Io? Io sono cresciuta a Pioltello, zona est di Milano. Una famiglia modesta la mia, padre impiegato e madre bidella. Di sicuro le larghe vedute che ho adesso non vengono da lí...

– Larghe vedute?

– Certo, non vede? Io spazio nella mente e nei sentimenti delle persone, oltre che nel corpo, ovviamente. Ricordo che la domenica si andava all'idroscalo, un posto bellissimo. Una vera spiaggia in città. Pensavo ci andassero tutti i Vip, quelli che vedevo in televisione. Non la domenica, è ovvio. Quel giorno ci sono le trasmissioni piú importanti, come «Domenica in». Alcuni ci lavoravano, tutti gli altri, ne ero certa, stavano a casa a guardarle, e prendere appunti per imparare come si fa. Idiota che ero: pensavo davvero che si studiasse per diventare Vip. Ci fosse, che so, una facoltà o roba del genere, un corso che speravo un giorno di riuscire a frequentare. Illusioni di gioventú.

– Ma allora lei una storia ce l'ha.

– Beh, cosa pensava?

– Ma, credevo fosse il prodotto di un'azienda cosmetica. È cosí bella...

– Lasciamo proprio perdere. Veniamo al punto: sono ben altri gli esiti che dovrebbe avere una suora. Questo colesterolo, ad esempio... E poi, insomma, una rondine non fa primavera. Resta il fatto che lei soffre di disturbi alimentari.

E dagliela con questi disturbi alimentari. Accidenti quanto è rigida.

– Non soffro di disturbi alimentari, io! E poi, scusi, non ha letto? Non ha visto che questa volta ho preso solo un unico, misero bicchiere di vino come aperitivo? In compenso mi sono quasi ubriacata di tisane, italiane e polacche.

– Vediamo, – scartabella degli appunti, – un aperitivo che si trasforma in cena a Parigi. Poi c'è la cena con il suo amico. Conosco il cibo francese: burro, grassi, intingoli, mai un po' di salsa di soia. Poi c'è un pranzo in campagna, a Castelcoso, mi viene la nausea solo a elencare quello che siete riuscite a ingurgitare. Poi la cena dall'amica e un pranzo al mare. Potrei scommettere che ha preso il fritto misto (è perspicace). Tutto questo in quanto? Vediamo, poco piú di venti pagine. Chapeau!

– Accipicchia, lei sí che è una lettrice coi fiocchi.

– Si tolga dalla testa che io nutra il benché minimo interesse letterario nei suoi confronti. Sono una professionista scrupolosa. Punto.

– Beh, non è mica solo colpa mia, il fatto che nei capitoli si mangi.

– E di chi sarebbe?

– La colpa, o merito, dipende dai punti di vista, è anche dei personaggi. Ecco, è proprio questo. I personaggi, veri o inventati, vanno trattati con cura. Bisogna rispettarli, lasciarli liberi nelle loro scelte. Non si può mica sempre ficcare il naso, e fargli fare quello che si vuole. Anche se mi piacerebbe. Del resto, lo sa, sono un Sagittario.

– E questo cosa c'entra?

– C'entra eccome. I Sagittari, *lo sanno tutti* (il mio tono lo sottolinea, ma mi sa che lei non ha colto), hanno la tendenza a fare quello che vogliono, e fin qui... Il problema salta fuori quando cercano di far fare quello che vogliono anche agli altri. Non sempre gli altri gradiscono. Prenda il caso di Margherita. Lei non è che avesse molta voglia di parlare. Non che me l'abbia detto subito, non voleva dispiacermi, lo sapeva che per me era importante. Però alla fine è saltato fuori, le faceva male ricordare certe cose. Lo sa com'è, no? Margherita è una donna pratica, non ama perdersi in nostalgie e ricordi. Io avrei preferito che fosse una di quelle che si lasciano dilaniare dal dubbio, che sguazzano per anni nell'indecisione. Dal punto di vista della storia, dico, ma lei è cosí e basta. Io preferirei che mi lasciassero in mano le cose, i personaggi e le persone, ma a un certo punto bisogna imparare a prenderli per quello che sono. Alla fine stupiscono sempre, e raccontano storie migliori di quelle che scrivo io. Ma mica è facile rinunciare, a dirla tutta è una faticaccia. Secondo lei mi fa dimagrire questo esercizio?

– Non s'immagina come la capisco. Pensi a me, che devo prendere lei cosí com'è. Questo sí che è un bell'esercizio, ma non fa certo dimagrire. IO (io sí che percepisco le maiuscole) del resto non ho bisogno di dimagrire. Ma cerchiamo di andare al dunque, non voglio stare ai suoi giochetti. Mi dica, a cosa sono servite tutte queste gozzoviglie, a parte renderla piú arrogante da quando ha visto il risultato degli esami?

– A una cosa molto importante, che mi dà da pensare. Margherita, accompagnata dal suo pragmatismo, è riuscita a governare le cose in modo da non arrivare mai là dove s'infrangono i sogni. Su questo credo mi dilungherò in seguito, per ora la butto solo lí. Capisce?

– Che gentile a preoccuparsi per me.

– Sí, forse Margherita è stata fortunata, nel senso che non le è caduto un mattone sulla testa, del resto neanche a me è mai caduto. E non credo neppure a lei, dottoressa. Margherita però ha avuto l'intelligenza, unita a una giusta dose di entusiasmo e lungimiranza, di muoversi con circospezione, con calma. Non si è lasciata trascinare dagli eventi, non ha seguito l'Amore, lo dico apposta con la maiuscola (ho capito che è meglio informarla delle raffinatezze che infilo nella mia oratoria), dicevo ha costruito un rapporto e poi l'ha seguito, anzi direi che l'*hanno* seguito. Alla fine ha messo al mondo e cresciuto una bambina, fatto carriera, tenuto piú che insieme un matrimonio. È vero, smonta e rimonta le case come fossero di Lego, ma la sua follia finisce qui. Io, e ne conosco tanta di gente come me, sono una che ogni volta si butta nel futuro come fosse la sceneggiatura di un film a lieto fine. Prendo il nuovo come oro colato, lo abbraccio, lei invece gli si avvicina a piccoli passi. E alla fine lo vede piú di me, di questo mi sono convinta. Prenda ad esempio la faccenda della casa. Sarà che io non ho mai potuto comprarne una, e che questo è stato per anni un cruccio. Ma ora che comincio a pensare che prima o poi forse erediterò, e forse prima o poi avrò abbastanza denaro per un appartamento, ecco, ora, questo, a me, fa paura. Sarà anche che ho paura d'invecchiare, chi non ce l'ha? E soprattutto di non potermela piú cavare da sola. Ma prima di questo, dico prima anche in senso letterale, il fatto è che io ho paura di mettere radici. Mi pare che ogni *per sempre* tolga fiato al futuro, e io sono tra quelle che pensano che il futuro sia sinonimo di felicità. Anche il presente mi piace parecchio, nonostante sia molto meno roseo del futuro. Il passato invece, o se vogliamo le radici, va all'indietro, lo dice la parola stessa, ad andare in avanti sono i rami. A proposito, non trova che sia molto bello, d'estate, mettersi sotto un albero a leggere o a dormicchiare?

– Lei è davvero senza speranza, i suoi non sono pensieri, sono degenerazioni. La prossima settimana solo frutta per i primi tre giorni, pensi pure agli alberi mentre la mangia, poi può aggiungere una zuppa di cereali, un po' di verdura cruda o cotta va bene purché poco condita, e una fetta di pane integrale al giorno. Da bere, tè, centrifugati, e molta acqua, deve anche cercare di pensare alla sua pelle, ha un aspetto grigiastro inquietante.

– Grigiastro? Ma cosa dice?

– L'ora è terminata, se vuole fare domande sull'alimentazione la prossima volta non mi parli di personaggi, case, e di ogni sciocchezza le passi per la mente. Arrivederci.

Un sacco di gente, capitata per caso

Anche per me, e non solo per Margherita, la nostalgia ha un profumo. Quello di una boccetta di *L'Air du Temps* di Nina Ricci. Non è un profumo tanto diffuso, né lo usano star e fotomodelle di oggi. È desueto. Eppure per me ha un odore inconfondibile. Che non mi piace neanche tanto. Però contiene un ricordo. Piú o meno, è successo questo. Avrò avuto otto o nove anni, ero ancora una bambina che pensava come una bambina. Mio padre era stato all'estero, credo negli Stati Uniti. Allora questi viaggi erano un evento, capitavano di rado. Per questo eccitavano e impaurivano, e non solo chi restava a casa. Al ritorno, il viaggiatore per giorni veniva subissato di domande: cosa mangiano gli americani? Come sono le loro macchine? È vero che hanno tutti una casa con giardino? E che tutti i bambini vanno a scuola con lo scuolabus giallo e ci stanno anche al pomeriggio? Insomma, si poteva andare avanti all'infinito. I viaggi di lavoro erano affari da uomini, le donne avevano paura dell'aereo. Alle donne restava il regalo, che sempre seguiva al ritorno. Arrivato il momento di aprire la valigia, si aspettava con ansia. Finalmente scartavamo i pacchetti. A me quella volta era appunto toccato un profumo di Nina Ricci. Veniva dal duty free, un negozio che c'era solo negli aeroporti, dove le cose costavano meno. E questo era in sé molto bello. Ma qualcosa non mi quadrava del tutto. Quello non era un profumo normale. Non dico come quelli che usavano le mie amiche, che si chiamavano tipo *Blue Moon*, *Vento di primavera*, *Notte Stellata*, *Gocce d'Oriente*, e si trovavano sui banchi della Upim. A me erano vietati. Non era neppure quello al mughetto di Caron, che tutte le mamme regalavano alle figlie per il quattordicesimo compleanno. E da ultimo non aveva niente a che fare con i profumi dei grandi: Chanel, Dior, Saint-Laurent. Mentre lo annusavo, non sapevo proprio decifrarlo. Era strano, e non mi convinceva completamente. A dirla tutta, era inadeguato, all'età, alla moda, alle compagne di classe. Non sapevo che farmene. Mi ero limitata a metterlo tra le mie cose e a commuovermi un po'. Questo è tutto per allora. Il resto viene anni dopo. Un giorno, ero piú che adulta, passeggiavo per Parigi e sono capitata per caso davanti alla boutique, direi che si può dire proprio cosí, boutique, di Nina Ricci. Era appena inaugurata ma aveva l'aspetto volatile – e l'odore – del tempo che fu. Una nicchia piena di *boiseries*, specchi, vetri scintillanti, tintinnii di boccette di foggia elaborata, e quant'altro ci si aspetta da un posto del genere. Ho guardato e annusato per un po', poi mi sono ricordata, e poi sono andata a leggere la storia della maison. Che è una storia burrascosa. Nina Ricci come marchio di moda era nato negli anni Trenta, ed era subito diventato famoso (oggi diremmo che si era preso una bella fetta di mercato). Nel 1948 Robert, il figlio di Nina, creò la fragranza *L'Air du Temps*: raffinata, romantica, persistente ma non invadente. Da allora non c'è stato piú nessun profumo capace come quello di conquistarsi il ruolo da protagonista. Per la nostra generazione, è il profumo delle nonne, non delle mamme. Ed è questo profumo, quello piú antico, che faceva sognare sua mamma, che credo mio padre mi abbia regalato. Non qualcosa di poco adatto o fuori moda. Per questo non ero riuscita né a usarlo né a dimenticarlo. Per questo sul marciapiede di Parigi, mentre continuavo la passeggiata, ho avuto una fitta di nostalgia. Mi mancava quell'immagine di un padre affettuoso seppure imbranato, incapace di mettersi nei panni di una donna neppure per il tempo breve di un giro al duty free, che faceva viaggi lontani e tornava quasi apposta per farmi sognare di, un giorno, partire. E rimpiango quella bambina di allora che aveva capito senza aver capito. Non credo che mio padre in quel duty free americano fosse neppure lontanamente sfiorato dai pensieri che ora gli sto attribuendo. Credo però che i gesti alle volte sappiano parlare piú della persona che li compie, e per questo abbiano la forza di farsi intendere da chi li riceve e li apprezza, anche se non sa perché. Se hanno qualcosa da dire, insomma, a loro modo la dicono. Chissà che fine ha fatto quella boccetta.

Mi piace che la nostalgia abbia le qualità di un profumo: dolce, intenso, persino stordente. Ma anche volatile. Fa presto a dissolversi nell'aria. Basta ricordarsi, di tanto in tanto, di aprire le finestre.

Non per tutti è cosí. Per tanti, la nostalgia è rancida. E corrode. Si porta dietro il rancore, l'invidia. È una nostalgia cattiva quella per vite che non hai vissuto. È colpa dei sogni che s'infrangono. Dove? Quando? Perché? È colpa nostra o è colpa loro, dei sogni?

Non parlo dei sogni dei bambini: da grande voglio fare il pompiere, l'infermiera, o «l'uomo della spazzatura», come sperava la bambina turca emigrata in Germania negli anni Sessanta che ho conosciuto in un film (quando da adulta fa un viaggio in Turchia e scopre che lí le donne fanno «l'uomo della spazzatura» si commuove talmente che non sa se ridere o piangere). Sogni che hanno a che fare con la scoperta del mondo che s'intravede dalle finestre della scuola o nei racconti degli adulti, che appartengono al territorio dei giochi e con loro a un certo punto finiscono in cantina o, quando gli va bene, al mercatino parrocchiale della domenica mattina. No, parlo dei sogni che arrivano dopo, quando si hanno sedici anni o giú di lí. Quelli che vorrebbero accompagnarci sul palco di un concerto mentre suoniamo la chitarra, sul campo da basket a disputare la finale del campionato. Che ci vedono scrittore corteggiato da pubblico e critica, attore che calca le scene, modella, stilista, o anche pragmaticamente capo, manager, qualcuno che comanda e decide.

Questi sono i sogni piú insidiosi. Qualcuno, piú fortunato o anche solo meno pigro, dipende, li insegue (ma è raro), oppure se li lascia alle spalle. Inseguire i sogni è rischioso, e poi piú che creare occorre sudare. Non sempre ne vale la pena. Anzi, quasi mai. Piú sensato è capire che di sogni si tratta, appunto, e prendere le giuste precauzioni, ossia: dedicarsi ad altro. Ma anche per questo occorre fatica. Il sogno è come un cespuglio, ci si può nascondere dietro e dormire. Altri, meno fortunati o forse solo piú pigri, questi sogni li inseguono fino a schiantarsi.

(Non parlo, sia chiaro, di chi li vede infrangersi per cause che non dipendono da lui: perché è nato nel paese sbagliato, perché il lavoro è scomparso, perché non ha potuto studiare. Queste sono altre storie, e anche su queste conviene tacere, a meno che non si sappia cosa fare).

Di essere bravo a vendere il mio amico Ampelio (non si chiama cosí, ma è un nome che gli donerebbe) si è reso conto un pomeriggio di fine estate. Fino a quel momento, aveva pensato di essere un filosofo. Mediocre forse, ma un filosofo: che altro poteva diventare uno studente di filosofia? A poco piú di vent'anni quando si chiacchiera con il futuro ci si può permettere di fare gli sbruffoni, come con gli amici del bar.

Sono bravo a vendere, ha constatato quasi per caso dopo un periodo passato altrettanto per caso a lavorare nella piccola azienda di famiglia: sarebbe potuta essere una presa d'atto da archiviare come tante altre cose di cui uno non sa bene che farsene. Sono di sesso maschile, sono uno studente di filosofia forse mediocre, sono di buona famiglia, abito a Milano, sono un potenziale disoccupato, sono tifoso del Milan, sono un po' di sinistra... E sono bravo a vendere, punto e a capo.

Però ad Ampelio piacevano le ragazze. Una in particolare. E ancora piú in particolare, gli piaceva far colpo su di loro.

Cosí ha pensato che il modo migliore per raggiungere l'obiettivo fosse dotarsi di una macchina, di una carta di credito, di un conto in banca e di un paio di scarpe su misura. Fatto questo, restavano pochi dettagli da mettere a punto: farsi ricamare le cifre sulle camicie e ripassare l'abc della galanteria. Cioè doveva cambiare vita. Vale a dire smettere di essere uno studente di filosofia o filosofo che dir si voglia, ma comunque potenziale disoccupato, e diventare un commerciante.

Io l'ho conosciuto quando la suspense del finale era superata. Intorno alle undici di una mattina di un anno ormai finito in naftalina l'ex filosofo e l'ex ragazza erano saliti a bordo della Bmw e tutto era andato secondo copione. Avevano parcheggiato di fronte al municipio. Il lieto fine con confetti era scontato. Un po' meno lo è che ora Ampelio sia diventato il mio partner preferito quando cucino. Insieme decidiamo che piatti preparare, sempre abbastanza complicati, e poi litighiamo molto su come prepararli. La discussione, a tratti filosofica, può durare una settimana. Poi continuiamo a litigare mentre cuciniamo, ma la *bouillabaisse* che abbiamo preparato insieme è entrata nella storia.

Ma lo studente, il filosofo disoccupato, lui che fine ha fatto? Ho scoperto che non l'ha affatto abbandonato, né davanti al municipio né in un'aula dell'università. L'ha tenuto in famiglia e in un certo senso si è preso la briga di mantenerlo. Comprandogli libri e giornali, facendolo dissertare e argomentare con tutti. Di tanto in tanto andavano insieme dallo psicanalista, cosí, per metterlo un po' in difficoltà (lo psicanalista). Insomma, si era preso cura di tutto, solo gli aveva impedito di crescere. Di andare a vivere da solo, fare concorsi per essere scartato e alla fine arrivare, con un mutuo da pagare, a 500 metri dalla stazione ferroviaria (metropolitana esterna Milano Rogoredo), nel bilocale con angolo cottura nel nuovo complesso residenziale, con ampi spazi verdi, parcheggi.

Gli aveva impedito di traslocare e arrivare là dove s'infrangono i sogni.

Alcuni si avviano invece verso nuove vite con passo annoiato e scontento, come andassero ai lavori forzati. Vanno avanti con l'ingombro di un fulgore che credono di essersi lasciati alle spalle per caso, per sfortuna o piú spesso per colpa di qualcuno. *Se quel giorno non fossi rimasto bloccato dalla pioggia, se mio padre mi avesse lasciato libero quella domenica pomeriggio invece di portarmi a far visita alla nonna, se mia madre non mi avesse asfissiato con la matematica*, se se e ancora se. Se non fosse per questi *se* che si sono messi di mezzo, ora sí che sarei: un giocatore di serie A, un cantante applaudito, un artista di genio... Mai che queste vite non vissute non vadano bene, anzi benissimo. Mai un insuccesso, un attore fallito, un calciatore da oratorio, un capitano senza esercito come Aureliano Buendia. Vale anche per sogni piú ordinari, perché ho detto di no a quel ragazzo, perché ho sbagliato facoltà, se solo avessi accettato quel lavoro... Nel futuro di questi *se* non manca mai il lieto fine: se non avessi detto di no a quel ragazzo ora avrei una famiglia felice, sarei un avvocato di grido e via discorrendo. Nessun disoccupato esce dalle facoltà non frequentate, nessun divorzio nelle famiglie mai nate. L'unica vera rivincita che si prende questa vita non vissuta e continuamente rimpianta è togliere ogni luce alla vita che si vive davvero.

Altre persone piú banalmente sono state meno abili a riconoscere che i loro sogni, quelli filosofici ad esempio, erano appunto sogni, da cui era meglio sterzare al piú presto. Ma imparare a riconoscere i sogni, a svegliarsi al mattino e lasciarli colare con l'acqua della doccia, non è un dono del cielo.

Altre volte non si è né fortunati né pigri, ma qualcosa di non voluto e non cercato interviene, e fa la frittata. Restano solo le premesse, quello che manca sono i capitoli a seguire. E dire che le premesse mica parlavano di cose difficili: andavano sotto il nome di famiglia, casa, bambini, meccanico, contabile, campagna, tutte cose che creano piú o meno la stessa suspense di una lista della spesa. Queste sono le storie che mi fanno una grande tristezza, abissi individuali che possono risucchiare chiunque di noi. Sono le altre quelle di cui posso parlare.

Tony, ad esempio, avrebbe parecchio da insegnare a chi è incapace di governare i sogni fino a lasciarsene inghiottire. Si vede che è una persona intelligente. Ma per dire chi è Tony e raccontare la sua storia, e anche un po' quella dei suoi compagni, devo spostarmi in Inghilterra e tornare indietro nel tempo. Riavvolgere il nastro fino al 1964. Ovvero accendere il computer.

In quell'anno la Granada Television produce un documentario strano e curioso.

Il titolo della serie è «Seven Up». L'idea è semplice, il classico uovo di Colombo, e per questo pazzesca. O anche una boiata, dipende dai punti di vista. Ma prima di dire qual è questa idea, due righe di presentazione dei protagonisti. Il regista, Michael Apted, ha scelto un gruppo ristretto di persone, quattordici per essere precisi, che avrebbero anche potuto essere estratte a sorte: vivono in città diverse, appartengono a contesti sociali diversi, hanno amici, storie, famiglie diverse. In comune hanno solo l'età: sette anni, nella prima puntata. Ogni bambino viene seguito dalla macchina da presa mentre fa cose normali: li vediamo a scuola, poi al parco giochi o per strada, a casa, con gli amichetti. Qua e là, c'informano dei loro piccoli e grandi amori. Poi i compiti, gli hobby, e avanti cosí: nessuna sorpresa, nessuna suspense. Tony, che abita a Londra e viene chiamato «scimmietta» per l'agilità con cui si arrampica ovunque, ha una fidanzata, Michelle, che è anche la sua compagna di banco. Jackie è una bambina molto carina, sorriso pronto e sguardo sicuro sul mondo. Corre, si scalmana. L'aspetto dev'esserle stato d'aiuto, per conquistarsi la disinvoltura con cui la vediamo muoversi di qua e di là, sempre indaffarata a barcamenarsi tra scuola, casa e giochi spericolati: ha l'abitino giusto, i capelli mossi, gli occhioni spalancati, insomma il *dress code* perfetto per una bambina degli anni Sessanta. Symon è l'unico di colore e frequenta un istituto di carità, con scuola e collegio (credo si dicesse convitto, in altre parole: un orfanotrofio). John, Charles, Andy sono iscritti a un'esclusiva scuola privata a Kensington. Anche Susy frequenta una scuola privata, e nel tempo libero fa danza classica (lei, a dire il vero, non mi è stata molto simpatica, è un po' smorfiosetta), mentre Nicholas vive in una fattoria di campagna, e per andare a scuola (un'unica classe che raccoglie tutti gli allievi della zona) deve camminare chilometri. Poi c'è Bruce, nel Surrey, che da grande vuole fare il missionario, e Paul, Peter, John, Lynn, Sue...

I piccoli protagonisti li conosciamo in bianco e nero, per qualcuno i colori della nostalgia, per molti quelli dell'archeologia. Di tanto in tanto, una voce fuori campo interrompe i giochi per fare qualche domanda. «Cosa farai da grande?» L'astronauta, ovvio, o il missionario. L'unico che non partecipa al gioco dell'ovvio è Symon: «Camminerò, me ne andrò un po' in giro, e vedrò cosa fare». La vita gli ha già dato la prima lezione. «Cosa pensi delle ragazze?»: meglio soprassedere sulle risposte. «Pensi di avere dei figli da grande?»: «Due o tre», le bambine; «No, fanno troppo rumore», i maschi. Se gli uomini non sono fatti con lo stampino...

Questo è piú o meno tutto quello che chi era davanti al televisore quel giorno del 1964 ha potuto vedere.

Ma poi succede qualcosa?, immagino si saranno chiesti. Sí, qualcosa succede, ma per scoprirlo si deve avere pazienza, perché la seconda puntata andrà in onda nel 1971, esattamente sette anni dopo. L'idea infatti è proprio questa: prendere un gruppo di persone diverse e seguire l'andamento delle loro vite, con intervalli di sette anni tra un incontro e l'altro. Una sorta di reality dilatato nel tempo. «Datemi un bambino prima che compia sette anni, vi darò l'adulto» (*Give me a child until he is seven, I'll give you the man*), sintetizza lo slogan che ispira la trasmissione. Dietro tutto questo, almeno all'inizio, la convinzione neanche troppo celata che l'ambiente, allora si diceva il ceto sociale, di appartenenza, influisca in modo decisivo sulla crescita e dunque sul futuro delle persone. E il convincimento, purtroppo non piú di moda, che colmare il divario di opportunità negli anni della formazione possa avere un effetto positivo sul futuro dei singoli (belli, vero?, i tempi in cui si credeva nel welfare).

Tuttavia il mio interesse non è di natura sociologica. Non è per questo che mi sottopongo alla visione di quattordici ore di filmato in inglese (tanto dura la serie). Quello per cui lo faccio è che sono alla ricerca di una domanda, anzi, di una risposta. C'è un punto, nella vita, in cui s'infrangono i sogni? O di colpo si avverano? Un punto preciso, circoscrivibile, un momento in cui questo succede e che possiamo dire e raccontare? Qualcosa tipo: quando quell'anno (ho lasciato la scuola, il fidanzato, è morto il gatto, è scoppiata la guerra, è scoppiata la caldaia), ecco, tutto è andato in frantumi. O anche il contrario: da quell'anno la vita è diventata bella, meglio di un Magnum extralarge. Ma questo non lo dice mai nessuno. Non intendo, l'ho già detto, i sogni dei bambini. No, intendo qualcosa di piú sottile, spesso piú doloroso. Esiste o no qualcosa, una situazione, un episodio, per cui di colpo ci rendiamo conto di non essere all'altezza delle nostre aspettative? O in cui ci accorgiamo che è la vita che ci sta intorno a non essere all'altezza delle aspettative? E se sí, quando? come? È questo che mi piacerebbe scoprire.

E per questo vado avanti, per fortuna senza dover aspettare sette anni, visto che la serie completa l'ho comprata su Amazon.

A quattordici anni i ragazzi non sono molto cambiati. Solo i loro discorsi si sono fatti piú assertivi, o pensierosi, o sfuggenti, o arroganti: insomma, si sente nelle loro parole il repertorio degli ormoni che stanno per impazzire, cosí come la timidezza e lo spaesamento.

Jackie è un po' ingrassata, spero si metta a dieta, ha perso la spigliatezza che aveva da bambina (chissà se parla inglese, Orsetta. Bisogna che glielo chieda. Anche se comunque non potrebbe fare molto. Mica può buttarsi a capofitto nell'Inghilterra del 1971 per aiutare una ragazzina in crisi di crescita. O invece sí? Magari adora fare viaggi nel tempo. Chissà che tipo è Orsetta fuori dal suo studio. Da quando ha raccontato delle domeniche passate all'idroscalo e si è pure data dell'idiota, al passato, per carità, anzi al passato remoto, ma l'ha fatto, ha cominciato a incuriosirmi).

Susy invece è sempre la stessa, un po' noiosetta con il suo cane, il suo prato, la casa di famiglia e la scuola privata. È l'unica che indossa un maglioncino azzurro, di shetland va da sé, mentre tutti gli altri sono stretti in divise scolastiche che sembrano disegnate per renderli parodie degli adulti (sí, sono piú o meno le stesse che si vedono ancora oggi nei film).

La vita di Symon si è un po' aggiustata, è tornato a casa (il padre, veniamo a sapere, si era dileguato da tempo e la madre soffriva di depressione, per questo il ragazzino era finito all'istituto di carità). Ora dice di voler fare l'ingegnere, per il resto non è cambiato.

I figli dei ricchi fanno i ricchi e tifano per il partito dei conservatori, gli altri voterebbero per i laburisti...

Basta, questi adolescenti con i sintomi dell'adolescenza mi stanno annoiando, spengo il computer.

Anche perché si è fatta ora di cena.

Tra poco ho appuntamento con Lisa (alla fine è andata come ci eravamo promesse: abbiamo smesso di perderci di vista). Ho suggerito io il posto, un nuovo ristorante cinese, scoperta recente. No, ovvio, non uno dei soliti cinesi con involtini primavera e riso cantonese. Un cinese che cucina cinese come si deve. Ci ho portato anche Barbara, che conosce la Cina come le sue tasche perché ci ha vissuto per piú di due anni. Secondo lei, è quasi al livello di un ottimo ristorante di Hong Kong. I prezzi, però, hanno ancora memoria di quelli da Repubblica popolare, dunque ha tutte le carte in regola per diventare uno dei miei preferiti.

Sedute al tavolo, spazzolato un piatto di baccelli di soia e ravioli al vapore al nero di seppia, bevuto il primo bicchiere di birra (d'accordo il tè verde, però insomma, Lisa è sempre Lisa, io sono sempre io, e Milano non è mica Hong Kong), insomma, dato un primo contentino allo stomaco e all'umore, faccio finta di nulla e butto lí la domanda:

– Secondo te è vero che a sette anni è tutto deciso? Che i giochi sono fatti? Voglio dire, non intendo esattamente che mestiere farà una persona, se quell'odiosa ragazzina prima della classe sposerà davvero un ricco banchiere e avrà tre figli biondi e bellissimi, due maschi e una femminuccia. O se il bullo dei giardinetti farà il campione di basket come sostiene. Intendo le cose importanti, se sarà ricco o povero, se avrà o meno successo, se vivrà da una parte o dall'altra dei confini della legge, se sarà una persona squilibrata o stabile. Insomma, queste cose qui.

– Non è che ti sei bevuta un Negroni prima di cena?

– No, niente Negroni. È che sto guardando un documentario, s'intitola «Seven Up», è un vecchio programma della Bbc.

Le spiego meglio, insisto sulla questione dei sogni, sul mio puntiglio di capire se c'è un momento, un episodio, qualcosa contro cui si scontrano e perdono la partita.

Intanto arriva il vitello croccante allo zenzero per me e un branzino al pepe nero per lei.

Tutto buono, il pesce è davvero sorprendente, mi dice. Ma non perde il filo del discorso. È una persona seria.

– Secondo me, stai guardando la cosa in modo troppo schematico. Non è cosí che funziona. Non voglio dire che certe cose non influiscano, certo che lo fanno. Crescere in una famiglia povera o in una ricca può cambiarti la vita.

Ma anche altre cose possono cambiarla. Un colpo di fortuna, ad esempio.

– Sí, certo, lo so, però non è questo il punto. Quello che m'interessa è capire l'evoluzione delle persone normali, quelle che non vincono al superenalotto e non vengono scelte per caso da un regista che si fa una passeggiata nei bassifondi, incontra una ragazza e decide di trasformarla in una star.

– D'accordo, allora, lasciamo perdere il colpo di fortuna (e anche quello di sfortuna, se è per questo). Ma pensa alla passione per una cosa, al bambino caparbio che nonostante tutto riesce a frequentare l'università e trovarsi un buon mestiere. Pensa alla nostra amica Carmen, ad esempio (la nostra amica Carmen è cresciuta in uno sperduto paese della Calabria, quelli dove ancora oggi le donne sono un po' madonne un po' puttane. Altre possibilità non si danno). Stando a quello che dici, o che dice la Bbc, non so – io non l'ho visto –, ecco, lei se andava bene poteva diventare una moglie e madre rispettata, che se ne sta in casa, fa la conserva di pomodoro, magari un po' piccante perché lí il peperoncino va molto, e basta, fine della storia.

– Beh, ma Carmen non fa testo. Carmen è una donna solida.

– Le piaceva leggere, le piaceva studiare, e con in tasca solo questa passione, o speranza, chiamala come vuoi, prende e se ne va. Senza conto in banca, senza carta di credito, senza contratto di lavoro.

Lisa nel frattempo si è fatta pensierosa, sta rimuginando, lo so. Mi aspetto qualcosa di serio, e infatti.

– È anche vero che non sempre le persone hanno lo stesso piglio. Ne conosco fin troppe che restano schiacciate dalla tradizione, donne soprattutto. I padri, i fratelli, la paura che la gente «pensi male». Finiscono per fare la stessa fine delle madri e delle nonne, e sono infelici come loro. Oppure non ce la fanno piú e allora sbandano, si perdono. Credo semplicemente che nessuno gli abbia mai detto che potevano essere diverse, e loro non ci hanno mai pensato. Forse la verità è che i sogni non s'infrangono, si sgretolano, e il piú delle volte succede per distrazione, perché per qualche ragione ci si dimentica proprio di averli, dei sogni. Allo stesso modo, non c'è un momento in cui i sogni si avverano. Semplicemente si costruiscono, e col tempo ci si accorge che non sono affatto sogni, sono progetti concreti, tutto qui.

Penso alla storia che mi ha appena raccontato Margherita e non posso che darle ragione. Ma nel frattempo anche il nostro discorso si sgretola, all'arrivo del dolce e del sake.

Parliamo d'altro.

Mi aggiorna sul figlio che sta pericolosamente accelerando verso l'adolescenza, è polemico e in balia degli sbalzi d'umore. Mi racconta del marito, dei film che non ha visto e del perché ha deciso di rinunciare a stirare. Tanto le cose in valigia si stropicciano, non ne vale la pena. E per quanto riguarda le camicie del marito? Non ha la piú pallida idea di quale sia il loro destino, né, a dire il vero, se il marito usi camicie o magliette. O magari quelle non stiro.

– Vedi che i mariti inglesi saranno anche scomodi dal punto di vista della logistica, ma almeno sulle camicie non rompono. Mentre la moglie di Ampelio…

Le racconto la storia incluso il cruccio delle camicie con le cifre, da stirare tutte le settimane. Per il resto non ho nulla da aggiungere, visto che neanch'io stiro, e non avendo un uomo per casa non ho neppure le sue camicie.

Alla fine si è fatta ora di andare, lei ha un aereo alle sette, io no, ma un mucchio di cose da fare. Tra queste finire il documentario.

Il giorno dopo ho di nuovo voglia di riprendere la visione.

Susy, la smorfiosetta scozzese, ad esempio, riuscirà ad avere una casa di campagna con il prato in cui scorrazza il cane come quella in cui abita ora? E si troverà un uomo adatto al ruolo? (Da come ha abbassato lo sguardo quando le hanno domandato se al momento ha un ragazzo, sembrerebbe avere qualche problemino su questo fronte). E l'altro, quello ricco e arrogante di cui non ricordo il nome, quello che ama i conservatori snob e le scuole private, avrà tutto il successo e i soldi che desidera? Jackie si sarà messa a dieta, avrà ritrovato la spigliatezza che aveva da bambina? E Bruce, che voleva fare il missionario e ha già cambiato idea? E soprattutto Symon: ora che è tornato a vivere con la madre, riuscirà a trovare la sua strada nel mondo?

Insomma, mi è tornata la curiosità.

A prima vista, colpisce il look. Siamo alle soglie degli anni Ottanta ma gli abiti sembrano ancora affezionati al decennio precedente. I ragazzi hanno ventun anni, hanno smesso le divise scolastiche ed è tutto un tripudio di jeans, jeans e ancora jeans, e zampe d'elefante, e capelli lunghi per i maschi, e giubbetti di pelle, e stivali, e borse a tracolla: insomma, l'intero repertorio. Capi perlopiú bisex e in un certo senso pure «politically correct»: come le divise scolastiche, mascherano bene le differenze di status sociale. Anche se forse, a ben guardare, quella camicia stirata, quel maglione slabbrato... ma lasciamo perdere le cose frivole.

A dire il vero i colpi di scena stentano ad arrivare, mi scappa qualche sbadiglio. La faccio breve. Symon non sta male: vive sempre con la madre e lavora come magazziniere in un'azienda alimentare. Impila casse, prepara le spedizioni, fa due chiacchiere con i colleghi, cose cosí. Sembra trovarsi bene, non ha l'aria insoddisfatta.

John, uno degli snob, ha un po' stemperato il suo snobismo, ma piú o meno è rimasto lo stesso. Avvierà una carriera diplomatica e si darà pure da fare abbracciando cause umanitarie. Lo lascio andare per la sua strada.

Jackie non è dimagrita ma sembra andarle bene cosí. Continua a frequentare le vecchie amiche e nel frattempo si è sposata. Il marito non ce lo fanno vedere, ma ci fanno vedere la casa. Che brutta non è ma scialba sí, temo che le assomigli. So che passerà da un lavoro all'altro, divorzierà e si troverà a crescere i figli da sola. Non è una bella prospettiva, ma mi pare non ci sia niente da aggiungere.

Mi stupisce invece Susy, l'ex ragazzina smorfiosetta. Al posto del maglioncino azzurro, ora, giubbotto e jeans, una sigaretta in bocca, un sorriso tirato, da donna vissuta. A sposarsi non ci pensa proprio, dice, anzi, rispetto agli uomini e all'amore è caustica. E racconta che a sedici anni ha mollato la scuola e se ne è andata a Parigi. «Perché?» «Cosí, avevo bisogno di andarmene». Probabile sia l'effetto del divorzio dei genitori, che le ha sfilato di mano il suo sogno di famiglia felice. Anche qui so come va a finire, cambierà idea in fatto di matrimonio, sposerà un avvocato e avrà tre figli. Sono solo curiosa di vedere l'espressione con cui racconterà questa storia, e pure di sapere se tornerà al suo look *comme il faut* di un tempo. Per il resto, la storia mi sembra poco interessante.

A questo punto suona il campanello, quello di casa mia. È Candida.

– Ero da queste parti, sto aspettando che apra un ufficio. Sei strapresa? Ti va un caffè?

– Certo che mi va. Che Susy e gli altri facciano quello che vogliono.

– Di cosa stai parlando?

– Un documentario che stavo guardando. Interessante, per carità, ma quello che ho visto finora mi basta e avanza. Non sono mica miei amici... di te, per dire, m'interessa anche la tua lista della spesa.

Mentre preparo il caffè, lei mi prende in parola.

– Ho passato il weekend a fare il cambio di stagione. Sono stremata e non sono neanche a metà: devo ancora sistemare le borse, i cappotti e i cappelli. E le scarpe da sera, da giorno, con tacco, senza tacco, aperte. Per non parlare degli stivali, che sono pure ingombranti...

Ecco, appunto, a proposito di liste. Anche se va detto che, nel caso di Candida, la questione del cambio di stagione è una faccenda seria: lei non ha una cabina armadio, lei ha il magazzino di «Vogue». Io neanche ci provo a prendere sottogamba l'argomento con lei: anzi mi ci butto a capofitto.

Segue infatti disamina e discussione di ogni dettaglio dell'operazione. Il caffè intanto è finito, mi sa che dovrò farne un altro.

– Magari uno di questi giorni passo a trovarti (cosí mi aggiorno su tutti i *must have* dell'autunno-inverno, almeno posso parlarne, visto che non posso comprarli: del resto, mica faccio il suo lavoro).

Esaurito il discorso, butto lí la domanda:

– Secondo te esiste, non dico un giorno, ma un momento preciso della vita in cui i sogni s'infrangono, o si avverano, è lo stesso?

A suo avviso una data c'è, o almeno un periodo, in cui quello in cui si è creduto si avvera o va in pezzi. Lo dice pensando alla sua storia, a lei sono successe entrambe le cose e ricorda perfettamente i due quando. Anche se quello che mi racconta non ha tanto a che fare con svelamenti e rotture, piuttosto con cambiamenti di prospettiva, in positivo o in negativo, che si sono affacciati inaspettati. Tirate voi le fila. È andata cosí: il primo episodio è legato a quello che voleva diventare e al contesto in cui si trovava. Un piccolo paese del Sud da cui non è facile andarsene. In breve: lei voleva essere indipendente, viaggiare, studiare. Tuttavia, la sua era una famiglia fatta di non: non si può fare, questo non sta bene, quest'altro non usa, le donne non viaggiano, né tantomeno lavorano, e se lo fanno è per dare una mano in casa, non per essere indipendenti. Non si esce la sera, non si va all'università, non… non ricordo piú quali altri non, ma l'elenco non era finito.

– Ricordo di aver passato l'adolescenza a piangere. Forse non proprio sempre, con il senno di poi mi pare improbabile, ma di certo piangevo spesso e questa è l'unica cosa che ricordo.

Il giorno della svolta coincide con i diciotto anni.
– Quasi per caso, ho avuto una borsa di studio: non me l'aspettavo e non ci facevo conto. Invece l'ho vinta e questo mi ha permesso di andarmene da casa. Non era esattamente il mio campo, quello che volevo studiare: ma l'importante era uscire, prendere aria. Non sono piú tornata, anche se ho fatto tutt'altro. Da lí però è iniziato tutto: il lavoro, gli amici, i viaggi e poi alla fine anche un discreto stipendio.

Il secondo episodio è piú vicino nel tempo, e ha a che fare con una fine, non piú con un inizio.

– L'azienda per cui lavoravo quando non ci conoscevamo ancora, la stessa in cui avevo fatto una certa carriera, non è stata risparmiata dalla crisi. A breve avrei dovuto occupare una posizione importante. Ci tenevo e ci avevo lavorato per anni. Tutto stava andando come previsto, poi, quasi di colpo, succede che quel posto non è che non me l'abbiano dato, è che proprio non c'è piú. Letteralmente: niente piú ufficio, colleghi, neppure la macchinetta del caffè. Non mi restava che prenderne atto. Ci ho messo un bel po' a digerirla, ma poi ci sono riuscita.

So che dopo non è stata ferma, ha solo aggiornato l'itinerario per il nuovo viaggio. E si è ritrovata con un guardaroba degno di Anna Wintour.

Ci salutiamo, per lei si è fatta ora di uscire e io voglio finire il mio documentario, almeno questa puntata.

Ripenso un attimo a quello che mi ha raccontato. Due lieti fini? Forse, ma è anche vero che non ci sono zucche che si trasformano in carrozza, e nemmeno cigni che diventano anatroccoli spennacchiati nei suoi racconti. C'è invece, questo sí, una grande fame di vita: Candida non è una tipa che sta a guardare le occasioni, lei se le mangia in insalata.

Anche nel video la trama diventa piú avvincente. Tony, ve la ricordate, la scimmietta? Quello che a sette anni era fidanzato con la sua compagna di banco, Michelle. Ecco, lui già a quattordici anni sosteneva di essere molto appassionato di cavalli, infatti era stato ripreso mentre cavalcava. Non ci avevo dato importanza e mi ero sbagliata. La passione era seria, nel giro di sette anni ha avuto il tempo di diventare un professionista, vincere gare importanti e smettere. Ora fa il taxista. Cosa diavolo è successo?

«Correre era bello, mi piaceva. Per qualche minuto mi sentivo come un dio, uno per cui tutto era possibile. Ma non ero bravo abbastanza».

«Perché di punto in bianco hai smesso?» insiste la regia.

Non ha altro da aggiungere: «Perché non ero bravo abbastanza». E in effetti molto altro da aggiungere non c'è, se non tanto di cappello per la lucidità con cui quel ragazzo sa prendere atto dei propri limiti. Non insegue sogni impossibili, non arriva al punto di rovinarsi con l'alcol per sconfiggere la sconfitta. Tony scende da cavallo quando sa di aver dato il meglio di sé. Alla regia mostra sorridendo le foto che lo ritraggono in sella, i ritagli di giornale, le medaglie. Si vede che per lui è un bel ricordo, e soprattutto che vuole bene a quel ricordo e non ha intenzione di lasciarlo andare. Ma la vita è un'altra cosa, tanto vale affrontarla con un sorriso. Questo sí resterà il suo 49%, l'uno mancante è il talento, inutile farsene un cruccio.

Tony ha da sempre un piano B, aveva dichiarato già sette anni prima cosa avrebbe fatto nel caso in cui non fosse riuscito a diventare fantino: il taxista. In fondo, un altro modo per correre sulle strade che abbiamo davanti. Lo fa con passione, passa anche un esame difficile per essere preparato al meglio. Si diverte, come si diverte ad andare alle corse, anche quelle dei cani, la domenica. Che dire? Una sua prima vita si è conclusa, una seconda è appena iniziata. So che d'ora in avanti le cose fileranno lisce. Di lí a poco si sposerà con Debbie, e il matrimonio, nonostante gli alti e bassi, reggerà la prova del tempo. Avranno tre figli. Prendo congedo facendogli molti auguri.

Il secondo colpo di scena è Neil. La sua storia è speculare a quella di Tony. Tanto quest'ultimo si dimostra affezionato alla vita, passata e presente, tanto Neil è disaffezionato. Nelle puntate precedenti, l'avevo un po' trascurato. Da bambino viveva a Liverpool, ricordo che andava a scuola saltellando. Era allegro, da grande aveva intenzione di sposarsi, diceva. Nel frattempo ha frequentato l'università di Aberdeen. Non è Oxford o Cambridge, ma questa non è una notizia. La notizia è quella che viene qualche mese dopo. Neil lascia l'università, ora è uno squatter, cioè vive in una casa occupata, lo facevano in tanti all'epoca. Quella di Neil ha una cucina lercia (detto da me vale doppio: lercia+lercia), un bagno ancora piú lercio in cui per lavarsi la faccia si usa la vasca da bagno, i vestiti stanno in una valigia e non perché deve partire domani mattina. Racconta che passa da una casa all'altra, da un lavoretto all'altro, giusto quando capita. E non è che sia sfortunato, o poco intelligente, o chissà. Semplicemente gli va di fare cosí. Gli amici di un tempo non lo capiscono, il rapporto con i genitori è un luogo comune. Loro, dice, non vogliono capire che lui è un individuo, che ha fatto le sue scelte, sia pure diverse dalle loro, e che tali scelte vanno rispettate. I genitori invece proprio non vogliono capirlo. Ha i capelli lunghi, e direi pure sporchi (del resto, dove li potrebbe lavare?)

L'intervistatore insiste con le domande, vuole sapere se ha dei sogni nel cassetto. Mi stupisce quando risponde: «Sí, diventare una persona importante, uno di quelli che contano». Ora, lungi da me pensare che ognuno non abbia il diritto a vivere come vuole. Le interferenze nella libertà degli altri mi hanno sempre provocato allergia. Tuttavia, trovo questa risposta un bel po' fantasiosa.

Non diventerà famoso e vivrà come capita ancora per molti anni, in una sperduta isola del Nord, con un bagno piú decente.

Le puntate successive le faccio scorrere, piú che altro per dovere di cronaca, ma a grandi linee non ci sono particolari colpi di scena. Il regista via via che passano gli anni modifica un po' lo schema delle domande. Un po' meno politica, un po' meno sociale, e piú psicologia, relazioni, sentimenti. Al passo con i tempi. Certi ideali si sono scoloriti, non interessano piú. Quasi come il welfare non interessa a Margaret Thatcher, che per anni regge la passerella politica sbraitando contro ogni buon sentimento possa infettare la sua strategia. I protagonisti si sposano, hanno figli, divorziano, si risposano, alcuni cambiano continuamente lavoro, altri non lo cambiano mai. Come tutti quelli che non stanno sullo schermo, che vediamo sul tram, al lavoro, al bar, come i nostri vicini di casa. Come noi e i nostri amici. Come stanno facendo i nostri figli. A guardarle da fuori, che sia sullo schermo del computer o dal finestrino di un tram non importa, non sono vite da film.

Chissà perché, mi viene in mente cosa saprebbe fare Almodóvar della vita, che so, ad esempio di Susy. L'infanzia potrebbe diventare un susseguirsi di scene esilaranti in cui una bambina quanto mai petulante e saccente si aggira in un mondo surreale, che sembra copiato dai cartoni animati: mamma, papà, praticello, cane, castello, nessuno capirebbe se è vero o partorito dalla sua fantasia. Poi una notte buia e tempestosa, con tanto di fulmini e temporali, spezza l'incantesimo, Susy a Parigi è una donna sull'orlo di una crisi di nervi. È nevrotica il giusto: fuma e beve troppo, fa un sacco d'incontri e nessuna amicizia, ogni tanto prende e se ne va al cinema da sola, a guardare vecchi film in bianco e nero. Oppure passeggia d'inverno per il Bois de Boulogne intirizzendo in uno striminzito giubbino di denim. Emerge la fragilità di una donna che sta per diventare adulta, ovvio che sta cercando se stessa. Alla fine forse si trova, fatto sta che ritorna. In Inghilterra ha riafferrato il suo baricentro, si sposa, ha dei figli, è ancora nevrotica il giusto, ma questo la rende un sacco piú interessante, è di moda. Nell'ultima scena è seduta in un caffè affacciato sul mare, a Brighton, dove si è trasferita lasciando la Scozia e le sue notti buie e tempestose. Un'amica le mostra la foto della figlia, e quando la vede smorfiosa, in posa per la fotografia su un prato mentre gioca con il cane... beh, ride di gusto. Solo gli spettatori piú attenti si accorgono che dentro quella risata c'è anche un po' di tristezza. O forse è compassione?

Neil invece me lo vedrei bene interpretato da Ben Affleck. All'inizio è nulla piú che un fallito, un ragazzo che gira intorno a se stesso vagando di casa in casa e di quartiere in quartiere in una grande città (queste storie hanno sempre bisogno di una grande città): Londra, certo, ma anche Chicago e New York potrebbero funzionare. Los Angeles no, troppo glamour, e poi nessuno va a piedi a Los Angeles. Probabilmente si droga, o beve, o gioca: insomma per qualche ragione ha bisogno di soldi e si ficca per sbaglio in un gioco piú grande di lui. All'inizio cerca di districarsi, con il risultato d'indebitarsi ancora di piú. È sempre piú nei guai. Prova a scappare, ma gli altri, i cattivi, non smettono di braccarlo. Neil è stanco, sta per lasciar perdere, adesso si arrende. E invece no: sarà un guizzo d'orgoglio, sarà istinto di sopravvivenza, fatto sta che reagisce, si ribella. La sua diventa la storia di un riscatto, non solo dalla malvivenza, ma dalla vita.

Per Jackie la questione è un po' piú difficile, forse può avere un futuro da star solo nei cineforum. Dovrebbe prendersela un giovane regista, uno di quelli a cui piace scommettere, oppure Ken Loach. Ecco, lui potrebbe farne una storia esemplare, un paradigma commovente, che riesce persino a far piangere. Bellezza, marito, lavoro, figli: solo disillusioni. Lo sgretolarsi di una vita tra i mobili in perlinato di una villetta a schiera.

Quello che sto cercando di dire è che anche se nessuno, almeno tra quelli che frequentiamo, ha una vita da film, in realtà c'è un film dentro ogni storia. Anche nelle vite piú banali, sí, proprio in quelle che indossano i passeggeri stipati sul mio stesso tram: la signora di mezza età con l'amica, la donna peruviana con il passeggino, quel gruppo di adolescenti chiassosi sul fondo, l'impiegato al telefono e la ragazza pure al telefono. Anche l'altra, quella che sta ascoltando la musica, e anche l'operaio che sta leggendo la pubblicità di un corso d'inglese. Ogni capitolo delle loro vite è piú interessante di quello di un romanzo: saperlo leggere, e ancor piú sap製selo raccontare, è un altro paio di maniche.

Ma ora basta, mi è venuto un certo appetito. Sono ore che non mangio, a parte lo spuntino cinese con Lisa, ma quello non conta. La classe media inglese, del resto, può far venire molte idee, persino suggerire una trama ad Almodóvar, ma è difficile che generi appetito. I personaggi non si fanno mai vedere mentre mangiano, e da quello che so, forse è meglio cosí. Preferisco non immaginare neppure come ha fatto Jackie a ingrassare.

Ci vorrebbe qualcosa di adatto alla stagione. Magari una zuppa di ceci? Sarebbe perfetta. A seguire giusto un assaggio di cavolfiore al gratin, cosí mi tengo leggera, vegetariana. Anche se un po' di guanciale nella zuppa male proprio non ci starebbe. Appena un tocchetto. E dài, ci mancherebbe, mica sono vegana.

Ero già rientrata da un po' da questo bizzarro viaggio anglofono nelle storie di una generazione quando è uscita una nuova puntata. Ho iniziato a guardarla, prendendola alla lontana. Ora la combriccola di ex ragazzi ha cinquantasei anni, il giro vita si è un po' allargato, Susy ha i capelli biondi e cotonati in stile lady Diana prima maniera e ride guardando la foto di lei bambina.

Guardavo quelle scene come si sbircia la casa di un vicino, senza entrarci. Non m'interessava piú, come trovarsi davanti a un album di foto quando le vacanze sono finite. Sí, i luoghi sono quelli, ma tutto il resto è diverso, l'umore, l'odore, il clima e il sapore. C'è solo da farsi venire la malinconia. Anche loro del resto sembrano un po' stufi. L'impressione generale è che regni un certo ottimismo nel gruppo, ma si guardano indietro come si guarda una storia finita. Uno di loro si vede quasi in terza persona, *non è la mia foto*, dice, *è il ritratto di qualcun altro*. Quello che doveva succedere è già successo.

Consigli per gli acquisti

Non tutti lo sanno e non sempre ci si fa caso, ma molti sogni si possono acquistare facilmente, li vendono praticamente ovunque. Forse non proprio quelli impossibili, ma quelli piú diffusi, vorrei che il tipo della quinta C mi baciasse alla festa, mi piacerebbe non sfigurare in quella riunione... Ecco, questi sono sogni che si possono acquistare con facilità. Basta prendersi un po' di tempo e andare a cercarli.

Ora comunque vi spiego come fare, per chi già non lo sa. Ma un sacco di gente lo sa. Non ci credete? Guardatevi attorno, la prossima volta che entrate al supermercato. La vedete quella signora che va di fretta, con il telefono in mano e un bambino seduto sul carrello che sta giocando con qualcosa, sembra anche quello un telefono? Ecco, lei ad esempio non sta comprando sogni, sta comprando l'arrosto di tacchino al banco gastronomia, i pisellini primavera li ha già nel carrello. «Va bene cosí, signora?» le chiede il commesso. Sí, fa segno con la testa. E intanto gira sui tacchi e si dirige verso i biscotti. E ora invece osservate quella signora un po' anziana che sta guardando le confezioni per fare i budini. Ne ha in mano due, entrambe al cioccolato. Anzi no, una è cioccolato e nocciola, l'altra alla crema gianduia. Qual è il gusto piú buono? E sarà sufficiente una confezione? Sembra distratta, ma sta pensando. Al tavolo rotondo della sua cucina, a sabato pomeriggio, quando arriveranno i nipoti da Verona. Una confezione può bastare, la crema gianduia piace a tutti i bambini, si sa. E poi magari prendo anche qualche dolcetto. Ora sembra che stia perdendo tempo, la signora, mentre si palleggia tra le mani crostatine e biscotti alle mandorle. E invece no, la signora sta comprando dei sogni. Chissà quante merende ha preparato nella sua testa. Tra quegli scaffali, i nipoti non fanno che tornare. Quasi ogni giorno una merenda. Quale sarà questa? La sesta in un mese? E questa volta non arrivano con il *timing* cucito al cappotto perché i genitori devono ripartire, «non ti preoccupare ci rivediamo il prossimo mese». Che poi non sarà il prossimo perché il prossimo c'è la settimana bianca e si sa, i bambini dopo devono studiare di piú. No, questa volta i bambini entrano ed escono lasciando aperta la porta.

E quella signora sui quarant'anni o forse piú che sta contemplando il banco del pesce? È vestita elegante, giacca sportiva e morbido scialle. I pantaloni in velluto sono di un delicato color muschio, le scarpe con tacco. Anche lei sta comprando dei sogni. Questa sera viene a cena un suo amico. È la prima volta che si vedono dopo vent'anni. L'ha ritrovato su Facebook, le era sempre piaciuto. Vuole preparare una cenetta raffinata e sfiziosa, nel carrello ha già messo il salmone. Un bel pesce al forno, questo ci vuole, con le patate, gli uomini hanno sempre appetito. È sicura, non parleranno solo dei vecchi tempi. Il discorso scivolerà lento verso il presente e magari, chissà, anche verso il futuro. A dire il vero, questa è già la seconda cena. La prima prevedeva un arrosto, lonza di maiale alle mele. Ma poi ci ha ripensato, è tornata al banco carni e ha rimesso la lonza al suo posto, per andare decisa verso il pesce. Sa piú di vacanza. In questo momento è felice. È andata proprio come doveva, la cena. D'accordo, per ora è successo solo nella sua testa. Ma c'erano cosí tanti dettagli nella sua testa, sentiva persino il profumo del pesce. Anche il vino era buono, sebbene debba ancora comprarlo e metterlo al fresco. Ma questo per ora non conta, quello che conta è che adesso sta bene. Sarà pure stato un sogno, ma un sogno bello. Che male c'è?

Basta, è ora di uscire. C'è giusto il tempo per una capatina da Zara, un po' di shopping, si sa, fa bene all'umore. Anche qui il negozio è affollato di persone in cerca di sogni. Guardate ad esempio quella ragazza carina, capelli neri e frangetta, avrà sedici anni o giú di lí. Si sta provando un vestito verde petrolio, le sta molto bene. Si gira e rigira davanti allo specchio, un poco vezzosa, e sorride. Sta pensando al bacio che le ha appena dato Giacomo: erano mesi che ci sperava. Senza farsi notare, è cosí che si deve fare con i maschi, mostrarsi e negarsi. E finalmente alla festa del sabato che deve ancora venire lui l'ha baciata, e le ha chiesto cosa fa il giorno dopo. Si potrebbe andare al cinema, o a fare l'happy hour. Anzi, già che ci sono, do pure un'occhiata a quei pantaloni. O forse alle gonne. Non si dice che gli uomini preferiscono le gonne? Ma no, lui è diverso, un tipo sportivo, gioca a calcetto. E poi cosa mi metto il prossimo sabato per andare in discoteca? Ha già fatto i programmi per i mesi a venire, chissà a quante feste è andata nella sua testa. Mentre l'altra, quella che sta nel camerino accanto, attaccata al telefono, lei ci andrà mai a una festa? Oppure finirà sempre per stare al telefono?

Ecco, quello che voglio dire è che i sogni sono lí, a portata di mano e quasi sempre anche di portafoglio. Basta non essere distratti, non occorre destrezza. E questi sono sogni che non fanno male, anzi[5].

[5] Questo pensiero mi è venuto dopo un sogno, di quelli veri, che si fanno dormendo. Ero con Didi, una mia amica, in viaggio in Svezia o Norvegia. Cosa facessimo lí non mi è chiaro, ricordo solo che faceva freddo. E in effetti quel giorno mi si era rotto il riscaldamento, per questo probabilmente eravamo arrivate fin lí. E lí Didi mi ha raccontato la sua teoria sull'acquisto dei sogni. E questa teoria mi è piaciuta.

Studio della dottoressa Orsetta Nigroni Merri

Ormai sono rassegnata, so che mi aspetta il copione. Posso anche digiunare (o mangiare strettamente vegetariano, come questa volta), ma Orsetta avrà sempre qualcosa da ridire. Quindi tanto vale pensare ad altro. Lo faccio. Entro tranquilla, la testa persa in pensieri piú interessanti di quelli che mi aspettano. Certo piú gustosi.

E infatti.

– Buongiorno dottoressa, – sbadiglio.

– Vedo che lei ha deciso di contribuire alla mia pensione, visto come si comporta. Se continua cosí, mi faccio pure la seconda casa. Al mare. Magari Portofino, o la Costa Smeralda. Cosa dice, Liguria o Sardegna?

La guardo annoiata, eludo la domanda:

– La prego, continui. Ho pensato che è meglio se oggi parliamo di lei.

– E perché mai dovremmo parlare di me?

– Perché io non ho niente da dire. Solo una sciocchezza a proposito di zucche, ma è meglio se parliamo di lei.

– Lei dice *solo* sciocchezze, dunque mi parli pure delle zucche, se è questo che vuole.

– Mah, non so bene, è una cosa che stavo pensando venendo qui. Il fatto è che dopo tutti questi racconti, e in particolare dopo quello di Ampelio e di Tony, sa il commerciante e il taxista. Almeno ha letto?

– Certo che ho letto, che poi ci abbia capito qualcosa è un altro discorso. Comunque, se lei si diverte a guardare per quattordici ore un documentario noioso in inglese, sono fatti suoi. A me importa solo che non si abbuffi, come invece si ostina a fare. Vada avanti, non voleva parlarmi di zucche? Cos'è, una nuova ricetta che ha in mente? In effetti, siamo in stagione.

– No, niente cucina, stavo pensando a un altro genere di zucche, quelle che si trasformano in carrozze, quelle di cui parlavo con Candida o con Lisa, non mi ricordo. Lei si ricorda?

– Con nessuna delle due, parlava da sola, o rimuginava, va' a sapere. Ma cerchi prima o poi di arrivare al dunque, li sta pagando questi minuti.

– Ecco, il dunque è questo. Non è che di questo tipo di zucche se ne trovino proprio a ogni angolo di strada. E neppure sul tram. E comincio a pensare che anche sulle strade della vita che ognuno di noi percorre – se mi permette la metafora un po' stantia –, ecco, anche qui non ce ne sono poi molte, di zucche. Ho il sospetto che la differenza non sia tra quelli che hanno o meno la fortuna di trovarle, ma tra quelli che le zucche le guardano e quelli che le intagliano, ci mettono le ruote, le lavorano fino a farle diventare quello che vogliono. Tony, per esempio, ha capito l'antifona, ha provato a lavorarla e quando si è accorto che non funzionava ha cambiato strada, si è preso una macchina, non è stato lí ad aspettare una carrozza che non sarebbe mai arrivata. Altri invece si perdono nella contemplazione, e poi si disperano, perché zucca è e zucca rimane.

– Strano, questa volta sono abbastanza d'accordo. Da ragazzina, ad esempio, sognavo di diventare una star della televisione. Le ho detto, no, delle domeniche passate all'idroscalo convinta che lí andassero i Vip? Poi ho capito che quello non era il posto giusto dove cercarli. Appena sono diventata grande abbastanza, ogni sabato mi vestivo di tutto punto e andavo a passeggio vicino agli studi televisivi sperando che qualcuno mi notasse. Quando riuscivo, m'intrufolavo tra il pubblico delle trasmissioni. Ero sempre la prima ad arrivare e l'ultima a uscire, ma non succedeva mai nulla. Durante la settimana, passavo le ore davanti alla Tv solo per studiare il look delle star, in modo da poterle copiare. Guardando una di queste trasmissioni, sono incappata in un'esperta di diete che intratteneva il pubblico del mattino, cosí ho pensato che potevo anche studiare per diventare dietologa, poteva essere una strada. Facendolo, mi sono accorta di essere brava, e che mi piaceva studiare. Ero anche molto bella, e piú magra e tonica, e la cosa aiutava, ovvio. Alla fine mi sono appassionata, ho smesso di guardare la Tv, ho preso pure una seconda specializzazione, e ora sono qui. Non le sembra quasi uno studio televisivo il mio? Ma basta chiacchiere, mi dica piuttosto cos'altro ha dedotto, visto che la fine è una zuppa con guanciale, e non voglio pensare a quanto olio e altre schifezze ci avrà messo.

– Io non metto mai schifezze nei miei piatti, non faccia illazioni offensive! Schifezze, io che venero i prodotti piú degli attori...

– Non la faccia cosí grossa, stiamo parlando di cibo, mica di religione.

– Appunto.

– Comunque, altri pensierini della settimana?

– Piú o meno è tutto qui, per questo preferivo parlare di lei. Finiamo sempre per parlare di me.

– Mi paga per questo... Vada avanti.

– Beh, solo una piccola notazione. Chi cresceva negli anni Sessanta, a venti nel bene e nel male era adulto. La sua vita si disegnava lí. Tutte le storie che ho raccontato si compiono piú o meno a quell'età. O meglio, si definiscono, stabiliscono il percorso. Oggi è diverso. Si aspettano i trenta, addirittura i quaranta. Certo, in molti casi la colpa è del lavoro, che non c'è. Ma molti maschi sembrano nati senza compleanni. A cinquant'anni hanno ancora la testa di un sedicenne. Anch'io, ad esempio, a vent'anni... Ma non c'entra, davvero, non ho altro da dire, ora parliamo di lei.

– Ancora? Tanto va sempre a finire che lei arriva qui ed

è come se parlasse da sola e, tra l'altro, non è che proprio parli benissimo. Se lo metta bene in testa, non ho nessuna intenzione di finire in una di quelle sue pagine che trasudano nevrosi.

– Oh no, che palle! Non mi dica che pure lei si mette a parlare di patologie della scrittura. Ma che succede, è diventato di moda e io non me ne sono accorta? D'accordo, ci eravamo abituati a sentire cose come scrittura sanguigna, ritmo sincopato. Ma ora il catalogo delle malattie si è di colpo ampliato, sembra un'epidemia. Afona di qua, dislessica di là. Di recente una mia amica, che già era famosa per aver isolato un sintomo raro, lo «stile urticante», ha fatto una nuova scoperta: la scrittura cardiaca. Facciamola finita... Mi dica come devo espiare quell'ombra di guanciale che ho aggiunto ai ceci e chiudiamola qui.

– Sa bene che non è solo il guanciale. Comunque, dato che ama le proteine, direi questa settimana di fare un tentativo con la dieta Dukan, vediamo se sortisce qualche effetto, visto che il suo effetto primario, che era quello di arricchire chi l'ha inventata, l'ha sortito alla grande. Ci vediamo la prossima settimana.

– Arrivederci dottoressa. Ah, dimenticavo, complimenti per la scelta che ha fatto da ragazzina. Poteva andarmi meglio se lei si fosse messa in testa di diventare, che so, tipo Benedetta Parodi, almeno oggi si nutrirebbe. Ad ogni modo, credo abbia fatto la scelta giusta. Ci tenevo a dirglielo.

Orsetta

Marzo 1993.

> *Il cielo è sempre blu,*
> *non piove quasi mai,*
> *il mare è calmo ma*
> *non è la Rai.*
> *I riflettori qui*
> *non sono luci ma*
> *vasi di lucciole.*

Com'è che fa dopo?
Ah, ecco.

> *Quattro stagioni che*
> *durano il tempo di*
> *bere una bibita*[6].

Ecco, vorrei che il mio tempo passasse così, come una specie di festa. Non come succede qui, stesse facce, stesse stronzate di mia madre sull'importanza dello studio, che poi pure lei mica ci crede davvero, a questa cosa che si debba studiare per diventare qualcuno.

Ci vorrebbe un Campari, ecco quello che ci vorrebbe. *On the rocks*, si dice così. Come vorrei che i miei avessero una tavernetta con frigo bar, potrei bermelo qui. E invece mi tocca andare al bar, pure quello fuori dal centro, perché farsi vedere al bar del centro il sabato da sole finisce che mi credono una sfigata. Ma loro no, la tavernetta no.

[6] Le ragazze di «Non è la Rai», *Non è la Rai* (C. Minellono - G. Boncompagni).

Dicono che non hanno i soldi, e che qui non c'è neppure lo spazio. Ma la verità è che per loro il concetto di bere sta tutto dentro quel limoncello schifoso che comprano a litri in estate, il piú delle volte all'autogrill, perché si sono dimenticati di far provvista prima di lasciare il mare. Del resto, cosa ne sanno loro della vita? Al massimo vanno il sabato con gli amici in quella trattoria di periferia dove ti rimpinzano di antipasti stantii sperando che nessuno si accorga di quanto il resto fa schifo. E dicono pure che si mangia bene.

Oggi la Mara a scuola ha fatto di nuovo la stronza. Proprio non la sopporto. Adesso se la tira perché le hanno regalato il walkman, e se ne va a spasso con le cuffie canticchiando da sola. Come se tutti non vedessero l'ora di guardarla. E il peggio è che l'unico che la guarda è Gianmaria, che teoricamente piace a me. Teoricamente, perché da quando ho fatto la scemenza di dirglielo quella l'ha puntato e non lo molla piú. Ancora un po' e gli ficca le sue tettone in bocca, da quanto se lo strofina con gli occhi. E non solo con gli occhi. Ecco, oggi la Mara veniva a prenderla il fratello, quello figo che abita a Roma. Lei ha iniziato a vantarsene dalla prima ora. Poi, quando siamo usciti, si è infilata il suo walkman e se ne è andata senza salutare nessuno. E dire che lo sa che abito a un isolato da lei, anzi insiste sempre per darmi un passaggio quando viene sua madre, cosí, dice, non rompe troppo. Insomma sono tornata a casa a piedi, e i miei avevano già mangiato perché c'era la puntata di «Amici», la guardano sempre perché dicono che cosí si tengono aggiornati, capiscono cosa pensiamo noi, è importante che i genitori capiscano i propri figli. Cosa avranno da imparare da quei fighetti che parlano tanto e poi non sanno neanche come vestirsi: tutti lí buonini che sembrano in divisa, con i loro golfini, pulloverini e altre menate. Però devo dire che la De Filippi è brava. Troppo vecchia per essermi utile, ma abile lo è stata: bel colpo finire a Canale 5 in men che non si dica. Il mestiere lo sa fare, questo va detto. A me la trasmissione non piace, e neppure tanto come si veste lei, sempre cosí elegante, mai niente fuori posto, un po' troppo «fa fine e non impegna» per i miei gusti. Però «Amici» lo guardo sempre per ragioni di studio: mi piace come riesce a tirar fuori dalle persone anche quello che non vogliono dire, e come sa stroncare in un amen le discussioni che potrebbero diventare noiose. Invece non mi piace per niente quell'altro programma che guardano sempre i miei, «Ok il prezzo è giusto», con quel donnone della Zanicchi. Loro indovinano sempre e poi gongolano, ma gongolano pieni di astio e secondo me pure d'invidia «per tutti quei ricconi che non lavorano e sanno solo spendere, senza conoscere il valore delle cose. Mica come noi onesti lavoratori!» Già, mica come loro, che prendono le offerte del super come fossero un impegno di lavoro: sono pronti a ingurgitare qualsiasi schifezza, purché sia in offerta.

Come vorrei essere Ambra! Anche la Bonaccorti non è male, ma un po' culo secco in paragone. Invece l'Angiolini... Come fa ad avere sempre quella pettinatura cosí cool, che sembra appena uscita dalla doccia? E poi la doppia canotta, e i pantaloni larghi che solo lei non la fanno sembrare una chiattona. Però, in effetti, potrei provarci: la doppia canotta ce l'ho, e pure i pantaloni larghi. C'è solo da sperare che questa sera a Mtv facciano almeno entrare nell'atrio, altrimenti resta tutto nascosto sotto quello stupido piumino che mamma si ostina a chiamare Monclair ma in realtà è un saldo dell'Ovs. Poi potrei aggiungere un tocco di originalità, cosí non sembra che ho copiato. Magari mi metto il cappello di cuoio, quello con le frangette cui ho attaccato le perline. Ecco, sí, il cappello è quello che ci vuole, tanto i capelli effetto doccia io non li avrò mai. Cosí posso mettere anche gli stivali in stile cowboy, pure quelli con frange e perline.

Basta, ora devo uscire.

1999.

Giornata di lezioni. Mi piace questo corso di dietologia, imparo un sacco di cose che non avrei immaginato. Certe volte ho l'impressione che non stia migliorando solo il corpo. Da un po' testo personalmente tutto quello che ci insegnano, e devo dire che funziona davvero. Non sono mai stata cosí magra e cosí tonica, anzi a dirla tutta mi sento davvero strafiga. Non capisco come faccia quello stronzo del Gianluigi a non vederlo. Sta dietro a quella deficiente della Carla, che avrà anche le tette grosse, ma pure i fianchi larghi. E poi quella faccia da smorfiosa. Lo so che dovrei lasciar perdere, ma che ci posso fare: mi ha flashato appena l'ho visto! Mi basta guardarlo di schiena, capelli biondi e camicia bianca, che mi viene la tachicardia. E poi dev'essere ricco di famiglia, e a me i ricchi piacciono.

Ma non ci devo pensare, ora la smetto e comincio a studiare. Dal prossimo semestre iniziano le lezioni di psicologia, non voglio rimanere indietro. E voglio sbrigarmi a finire per iniziare a lavorare: mi sa che se va avanti cosí a diventare ricca devo pensarci da sola. Le mie compagne a queste cose non ci pensano. E ci credo! Vengono a scuola con aria schifata, manco non sapessero dove altro andare. Fanno passare il tempo, tanto lo sanno che se non si trovano un marito ci pensa papà a mantenerle. Stanno lí e si guardano le unghie, parlano di dove andare a sciare, delle feste del sabato sera. E dove le faccio io le feste? In questa stanza in subaffitto, con la padrona che protesta se accendo la Tv dopo le dieci? Voglio una casa con salone e sala da pranzo, e pure la lavanderia e la cabina armadio. Dio se saprei come spendere i soldi, io! Fanculo i miei che non hanno saputo farli: tutti li facevano dieci anni fa. Bastava andare a Milano, conoscere la gente giusta ed era fatta. E loro invece? Tutte le sere a Pioltello a guardare la televisione, e pure i programmi piú sfigati. E la domenica all'idroscalo! Ma grazie a dio me ne sono andata: starò pure in una camera in subaffitto, ma almeno in centro città. Mi basta uscire di casa per sentire l'odore della ricchezza, e del bello. Se non dovessi studiare, passerei i pomeriggi in via Montenapo, non a guardare le vetrine, a guardare la gente che passeggia, quella che entra nei negozi. Come vorrei essere una di quelle signore! L'unica che un po' mi piace tra le mie compagne è la Lorella. Peccato sia cosí brutta, cioè non proprio bruttissima, è un po' tracagnotta ma sarebbe passabile se solo si sapesse arrangiare. Certo dovrebbe perdere qualche chilo, e imparare a depilarsi per bene, con tutti i peli che ha, ma su questo non ci sente proprio. Con lei non si può andare in nessuno dei posti giusti, sembrerei una sfigata anch'io, che invece non lo sono, sfigata. Però è stata coraggiosa la Lorella. Un bel giorno ha mollato quel bifolco di suo padre al paesello e con quattro lire in tasca è partita. Bye-bye! Ora fa mille lavori per mantenersi, ma intanto abita in un monolocale tutto per sé. Certo non spende molto in vestiti, e neppure dall'estetista, e dio sa se ne avrebbe bisogno, però alle volte vado a studiare da lei. Poi finisce che mangiamo qualcuna delle schifezze che ha in frigo e cominciamo a chiacchierare, si tira tardi e cosí mi sono resa conto che in fondo è una tosta, una che non si lascia spaventare da niente. Qualcosa di certo combinerà nella vita, a differenza di tutte quelle minus habens che senza il portafoglio di un uomo si sentono perdute.

Ora smetto davvero e mi butto sui libri, tanto il Gianluigi lo so che non chiama, e non voglio pensare a dove sia in questo momento. Poi, se la vecchia se ne va a dormire, mi faccio un bagno con i sali del Mar Morto e l'olio di mandorle, cosí dreno e idrato in un colpo solo. Spero solo non abbia l'insonnia, altrimenti comincia a rompere che lei ha bisogno del bagno. Lo fa sempre sul piú bello, appena ci si comincia a rilassare.

2010 (Orsetta pensa ad alta voce davanti alla sua agenda elettronica).

Allora, domani...
h. 9 *Seminario sull'interpretazione dei sogni.*
h. 12 *San Raffaele, Centro disturbi alimentari.*
Questa potrebbe essere una buona cosa, è la prima volta che mi chiamano, e spero non sia l'ultima.
h. 15-17 *Studio*
Diesse
Effeti
Emmepi prima seduta?
E perché ci ho messo il punto interrogativo? Ah sí, è quella nuova strana, quella che invece di mandarmi le informazioni sullo stato di salute mi ha mandato un sacco di pagine che non capisco cosa siano. Stasera bisogna che mi metta e le legga. Com'è che si chiama? L'ho segnato in ufficio. Maria qualcosa. Staremo a vedere.
h. 19,30 *Aperitivo col Gaudenzio.*
Prima ci starebbe un'oretta di pilates in effetti, sono tre giorni che non metto piede in palestra. O forse una piega veloce, visto che dopo esco. Anche se va' a sapere se poi esco davvero, il Gaudenzio sono piú le volte che mi dà buca che quelle che lo vedo. Poi almeno m'inviterà a cena o se ne torna a casetta dalla mamma? No, il bidonista non si merita il parrucchiere, pilates.

La cena di Sophie.

Quello che mi ha fatto decidere è stato imbattermi in un menú cosí affascinante. A dire il vero, è da un po' che pensavo che avrei voluto incontrare Orsetta fuori dal suo territorio, forse volevo solo verificare che esistesse anche nella vita reale. Ma come? Certo non mi sembrava il caso d'invitarla a cena. Un invito simile, fatto di punto in bianco, sarebbe suonato strano, e in fondo che sapevo di lei? Nulla, a parte le sue bizzarre convinzioni terapeutiche e che in fatto di arredi aveva sposato la causa dei consulenti fiscali. Sí, forse anche il look, cosí ostinatamente studiato per mettere in mostra la sua forma perfetta, poteva dare qualche indizio. E comunque, era l'idea stessa di vederla mangiare che mi pareva impensabile. E poi cosa avremmo mangiato? Un chicco di grano condito con la soia, un frullato di sedano carota e kiwi e per finire una bella tisana diuretica? Era contro la mia religione, e potevo dare per scontato che altre opzioni sarebbero state contrarie alla sua, di religione. E che altro potevo fare con lei? Andare al bagno turco per sentirmi brutta e frustrata? Un giro di shopping in negozi dove mai mi verrebbe in mente di entrare? Una seduta di pilates che mi avrebbe tolto il fiato anche per dirle arrivederci? Non vedevo soluzioni plausibili.

Tanto che avevo lasciato perdere il progetto, e solo per caso ci ho ripensato. Per colpa, o per merito, vedremo, di Sophie Calle. Che non è una mia amica, ma un'artista famosa, una capace di creare opere che raccontano delle storie e delle emozioni, tanto che non solo le si guarda, ma, in un certo senso, le si segue, perché si ha voglia di sapere come andrà a finire la storia che sta raccontando appesa su quelle pareti. È anche una tosta, meglio non fare passi falsi se capita di avere a che fare con lei, la si può pagare cara. Come è successo a uno dei suoi fidanzati, o amanti, non so. Uno che comunque un bel giorno ha deciso di lasciarla, e con mossa tipicamente maschile l'ha fatto con una lettera, che si chiudeva cosí: «Prenditi cura di te». Ma come ti permetti, deve aver pensato la signora. Peggio di quelli che dicono di lasciarti «per il tuo bene». Immagino si sia arrabbiata come si arrabbierebbe ognuna di noi, ma essendo lei un'artista, invece di ricorrere alla terapia piú diffusa in questi casi, ovvero un weekend di stravizi con le amiche, ha fatto di meglio. Ha preso la lettera del suddetto fidanzato o amante ma comunque ex, e l'ha mandata a tutte le sue conoscenti. A ogni destinataria ha chiesto di analizzare la lettera secondo le sue competenze professionali. E cosí ognuna ha stilato il suo verdetto: la psicologa ha rilevato patologie, la redattrice errori di stile, la cartomante ha letto il futuro, la madre di famiglia ha scosso la testa e la contabile ha fatto un bilancio dell'esperienza. Tutti i pareri sono stati esposti e pubblicati.

Questo per dire di cosa è capace. In altri casi sa invece essere molto delicata, come nel caso dell'opera con cui ha preso congedo dalla madre, morta l'anno in cui Sophie è stata invitata alla Biennale di Venezia a rappresentare l'arte francese. *È stato un modo*, ha detto poi, *di averla comunque con me a Venezia. Lei ci sarebbe senz'altro venuta.*

In altri ancora, come questo, che mi ha dato l'abbrivio per invitare Orsetta, sa essere molto calda, molto spiritosa e molto meticolosa. La storia è questa. Tra i fan della sua maniera di fare arte c'è un famoso scrittore americano, Paul Auster. In uno dei suoi romanzi, *Leviatano*, compare un personaggio, tale Maria Turner. Per dar vita a questo personaggio, un'artista stravagante, originale e ossessionata di vita, Auster s'ispira alla stessa Sophie. E cosí vediamo, anzi, leggiamo di Maria alle prese con la creazione di opere effettivamente realizzate ed esibite a tempo debito da Sophie Calle. Tutto in regola: prima di farlo, le aveva chiesto il permesso. Ma Auster non si limita a ricalcare quanto effettivamente fatto da Sophie. Artista lui stesso, nei panni di Maria, crea opere di fantasia, ma effettivamente coerenti con quelle reali. Maria ad esempio fa cose bizzarre, tipo suddividere gli impegni non per giorni o per orari, ma in ordine alfabetico. Provate a immaginare: invece di fare le cose come le facciamo tutti, autobus, ufficio, pausa pranzo con le amiche o in palestra, spesa finito il lavoro, aperitivo, cena, lavatrice ecc., Maria suddivide gli impegni per lettera, ovvero autobus e aperitivo il giorno della A, spesa il giorno della S, palestra il giorno della P. Io ci ho pensato, per certi aspetti sarebbe allettante: ufficio solo un giorno ogni ventuno, forse due, c'è anche lavoro con la L (e dovere con la D), palestra idem, Orsetta pure. Per il cibo nessun problema, basterebbe prendere un libro di ricette e seguire l'indice alfabetico (qualche problema forse solo il giorno della U di uva). Ma credo che perderei il lavoro. Un'altra stranezza su cui s'impegna Maria sono le cene cromatiche, ovvero mangiare a ogni pasto solo ingredienti dello stesso colore: verde, arancio, giallo, rosso. Questo gioco con il cibo, Sophie Calle non l'aveva in realtà mai fatto, ma per come intende il lavoro artistico, avrebbe potuto. E infatti finito di leggere il libro, lo fa. In fondo Paul Auster aveva preso a prestito cose della sua vita, dunque perché non prendere qualcosa anche lei? E cosí eccola armeggiare tra fuochi e fornelli senza perdere di vista la tavolozza, e apparecchiare per ospiti scelti con cura cene che sono, letteralmente, uno spettacolo per gli occhi.

È stato leggendo questa storia e i relativi menú che ho pensato potesse essere una buona idea per Orsetta. Se decide di non mangiare, posso sempre spacciargliela come performance artistica.

Opto per il rosso, mi sembra il colore migliore per una cena, oltre a essere quello che offre maggiori potenzialità.

Il menú di Maria e di Sophie prevedeva pomodori, steak tartare e melograno. Per quanto mi riguarda, decido che non sono obbligata a seguirlo alla lettera, solo ad attenermi all'unica regola su cui non si può barare: del colore scelto dev'essere l'ingrediente stesso, non la salsa o il sugo che lo copre (vale a dire, per la cena verde possono andare i gnocchetti di spinaci, ma non gli gnocchi al pesto).

Compilo dunque un primo elenco degli ingredienti che posso usare, poi deciderò cosa fare.

Come verdure, oltre ai pomodori posso aggiungere il radicchio di Treviso e i fagioli rossi. Carne rossa di manzo mi pare non abbia bisogno di alternative, si tratta di capire come cucinarla. Sulla frutta ho l'imbarazzo della scelta: lamponi, fragole, ciliegie, ribes, melograno, con relative creme, sorbetti e confetture.

Quando apro la porta, sta salendo l'ultima rampa di scale due gradini alla volta con passo allegro. Penso ai miei rantoli quando si rompe l'ascensore, e ammetto che per essere tonica è tonica. E se le va di salire a piedi, buon per lei. La prima cosa che arriva è il profumo, intenso, caratteristico. Poi entra il biondo, poi i vestiti e alla fine lei.

– Ciao Maria, come va? Questa è per te, – parla tutto d'un fiato sorridendo e porgendomi una bottiglia di vino. Una bottiglia di vino? Come va? E poi cosa sarebbe questo tu?

Non riesco quasi a rispondere al saluto mentre le faccio segno di entrare. Sono troppo stupita che abbia qualcosa di umano.

– Ehm, buongiorno... ciao, Orsetta. Prego, entra, vuoi darmi il cappotto?

– Grazie, faccio da me. E scusa se sono passata al tu senza chiedere, mi è venuto.

Mentre si toglie il cappotto e lo appende, è di nuovo la dottoressa. Credendo di non essere vista, o forse credendo di essere vista, prima di riporlo accarezza per un attimo la morbida lana di cammello con fare compiaciuto, quindi dà una lisciata sulla pancia allo già striminzito maglioncino di angora azzurro, scelto appositamente per far notare che la pancia non c'è, butta indietro i capelli per poi passarsi una mano tra le ciocche, con quel gesto che le donne fanno in apparenza per darsi una riordinata, in realtà per sottolineare i riflessi dorati della chioma. Finito il rituale, verificato che il corpo non l'ha tradita negli ultimi dieci minuti, si gira ed entra in soggiorno.

È elegante come al solito, anche se noto lo sforzo di non apparire troppo formale. Indossa dei jeans aderentissimi leggermente scampanati, cosí scoloriti da sembrare quasi bianchi, e un paio di ballerine di pelle scamosciata marrone decorate con le immancabili perline azzurre. Al collo una sottile catenina d'oro e grandi orecchini a cerchio completano il look vagamente hippy. Ha una bella luce negli occhi truccati appena.

Io non so come avviare il discorso. Dopo tutte le fantasie che mi sono fatta, mica posso esordire dicendo: *Sai volevo capire chi sei veramente.*

È lei a togliermi dall'imbarazzo.

– Dài, raccontami di questa cena, o opera, mi hai incuriosito.

Le snocciolo la storia di Sophie Calle e dei menú cromatici senza dirle il colore scelto per questa sera (anche se un'occhiata al tavolo d'angolo potrebbe dare piú che un indizio).

Parlare di cose che mi appartengono mi scioglie un po'. E aiuta il bicchiere di Lambrusco spumante che ho scelto per l'aperitivo, portato insieme a una ciotolina in cui ho messo qualche tocchetto di verdura (rossa) cruda: pomodorini, rapanelli.

– Brindiamo a Sophie Calle che mi ha dato lo spunto per invitarti. È da un po' che volevo farlo, avevo voglia di parlare con te di qualcosa che non fosse una dieta. Cioè, spero di non fare una gaffe, ma insomma, l'avrai capito che la dieta non è il mio argomento preferito.

La invito a tavola con il grafico dell'ansia che ha raggiunto picchi che neanche all'esame di laurea... Per fortuna è tutto pronto, l'agitazione non toglie solo l'appetito, rovina i piatti. Comincio con le verdure, mi sembra la parte piú facile. Insalata di radicchio e melograno e pomodori al forno. Verso subito un bicchiere di Pinot nero, è un vino morbido, vorrei che trasmettesse le sue qualità alla conversazione. Orsetta si serve, io metto poca roba nel piatto, sono ancora in preda alla sindrome da paziente modello. E penso che alla peggio posso fare uno spuntino prima di andare a dormire. Ma la preoccupazione è inutile: Orsetta mangia, e mangia con gusto, neanche si sogna di guardare nel mio piatto. E parla. Discorsi da donne, non da avatar. Facciamo una meticolosa analisi comparativa dei rispettivi pregi e difetti dell'Esselunga e del Pam, poi elaboriamo una teoria che dimostra in modo inequivocabile che gli oroscopi di Marco Pesatori sono piú affidabili di un manuale di scienza (e pure piú divertenti). Infine scatta la solidarietà di genere non appena si accenna all'inettitudine maschile. Possibile che siano davvero tutti cosí? O siamo noi che attiriamo solo tipi del genere? Due settimane pirotecniche e poi Tv in mutande ogni domenica pomeriggio, un numero imprecisato di aperitivi trangugiati come elisir di giovinezza, telefonate che non arrivano, ex mogli che resuscitano... È l'atmosfera ideale per portare il secondo, chili di manzo e fagioli, un tocco di piccante non guasta, come pure qualche caloria vera. Orsetta non si scompone, mastica carne come fosse cresciuta in Argentina, si versa, e mi versa, un altro bicchiere, si pulisce la bocca e riprende il discorso. Non sia mai che in una cena tra donne gli uomini vengano liquidati frettolosamente, prima di essere vivisezionati e torturati a dovere. E parlare male di loro non solo scioglie la lingua, ma cementa le amicizie. Solo dopo si può passare ad altro. E Orsetta non perde tempo, passa ad altro.

– Da ragazzina la televisione era la mia finestra sul mondo. Non che avessi molte alternative: quella vera, di finestra, si affacciava su un condominio grigio identico a quello in cui abitavo. Di giorno sembrava disabitato, di sera la gente accendeva le luci e tirava le tende. In strada non passava mai nessuno, il camion della spazzatura era il massimo dell'animazione. Cos'altro potevo fare? Andare al bar *ParadIce* come le mie compagne, che pensavano quello fosse un posto figo? O accompagnare mia madre al supermercato? Cosí guardavo e guardavo. Quando è apparsa Ambra Angiolini a «Non è la Rai» me ne sono completamente innamorata. Copiavo il suo look, la sua pettinatura, imparavo le sue canzoni e le cantavo con lei manco fosse uno spettacolo di karaoke. Ogni settimana passavo dalla parrucchiera del quartiere e mi facevo dare tutte le riviste di gossip che lei avrebbe buttato. Mi ricordo ancora l'odore dolciastro e pungente che usciva da quelle pagine sgualcite, le portavo a casa come fossero un tesoro. Le leggevo una a una, con accanimento, e poi selezionavo, tagliavo, sottolineavo tutto quello che mi pareva potesse essere utile. Utile per il mio futuro in televisione intendo, perché era questo che pensavo avrei fatto. Non avevo dubbi: diventare come Ambra non era un sogno, era un progetto di vita.

Mentre parla, mi viene da fare due conti. Se non mi sbaglio, «Non è la Rai» andava in onda nella prima metà degli anni Novanta. Dunque se Orsetta era adolescente a quell'epoca, significa che è nata intorno al 1973, o '74. È piú giovane di quanto credessi. Avrà al massimo quarant'anni. Chissà perché, la collocavo mezzo decennio piú avanti. Ora, mentre l'ascolto, posso guardarla con calma, e in effetti il suo viso è perfetto, quasi non c'è traccia di rughe, gli zigomi sono pieni, le palpebre sbatacchiano dietro le sue parole e non danno segno di cedimento, e anche il collo, le mani, appartengono tutti a una giovane donna. Inutile anche cercare qualcosa che non va in quel corpo infilato con agio in jeans taglia 38... No, non sono lí le tracce dell'età. Non c'è niente di sgualcito nel suo aspetto. È piuttosto qualcosa nel suo atteggiamento, nel suo sguardo da donna vissuta piú di una volta, che la fa sembrare piú matura. E intuisco quanta strada Orsetta abbia fatto per andarsene da quel tinello con vista cemento e la Tv sempre accesa, e per togliersi i vestiti di Ambra.

Sto per dire qualcosa, ma non me ne dà il tempo. Riprende subito a parlare fitto, come mossa da un'urgenza. In fondo era quello che speravo, conoscere la sua storia, ma non immaginavo sarebbe andata cosí. Il film che mi ero fatta non ha niente a che vedere con questa donna, che mangia con appetito e parla a raffica. E sto pure scoprendo che è bella davvero, quello che mostra non è una maschera.

– Poi di colpo è finita. Non che avessi proprio messo un punto alle ambizioni televisive, solo un punto e virgola, per te che conosci il significato della punteggiatura.

Io non sono certa di conoscerlo, il significato della punteggiatura, e inizio a temere di non aver capito niente neanche di Orsetta, neppure l'età.

Prosegue.

– Ma sapevo che la cosa piú urgente che dovevo fare era andarmene da lí. Ovunque, ma non lí, e se poi fosse stato Milano era meglio. Conoscevo la città, e il profumo che aveva negli anni Ottanta non era ancora del tutto evaporato e poi, lo ammetto, lí c'erano Canale 5 e Italia 1 e pure Mtv... Sapevo che dovevo andarmene ma non avevo mai pensato a un piano B, come il ragazzo inglese, l'ex fantino, come si chiama? Come se fossi cresciuta non con la televisione, ma *dentro* la televisione. Nelle mie giornate era piú il tempo che passavo a imbastire chiacchiere con Ambra e le altre che con le mie compagne di scuola.

– Ma allora leggi davvero quello che ti mando, non fai solo il conteggio delle calorie!

– Certo che leggo, cosa pensavi? Non che tu abbia proprio il passo di Alice Munro, ma ognuno fa quello che può, e poi sei brava a cucinare, questo lo ammetto. Comunque sí, leggo, e anche tanto.

«Quello che può...», detto da lei. Che cos'è? Un'offesa?

– Non ho mai messo in dubbio che tu fossi una lettrice, – dico. – Cioè, per un po' l'ho messo in dubbio, ma da un pezzo ho capito che mi sbagliavo. È che non mi hai mai detto nulla su quello che scrivevo.

– Non mischio la vita privata con quella professionale, mai. Mi hai per caso visto fare il conteggio calorie questa sera? Ecco, io separo. E questa separazione mi rassicura. Io non entro nella vita degli altri quando lavoro, ma neanche gli altri entrano nella mia.

Sorso di vino, respiro profondo.

– A proposito di cucina, prima che mi dimentichi, c'è una cosa che volevo dirti da un po'. Perché non impari a fare qualche piatto dietetico? No, tranquilla, non parlo di te, non stasera. È che pensavo potresti organizzare dei corsi. Io sono piena di pazienti che metto a dieta e poi loro, al terzo giorno di bresaola e petto di pollo scongelato, si deprimono e hanno la brillante idea di affogare il malumore da McDonald's. Ma se tu gli insegnassi a fare qualcosa di buono, a prendersi cura, chissà, magari riuscirebbero a perdere un po' di chili.

– Non è una cattiva idea, del resto è da un po' che sto pensando di fare qualcosa di diverso. Non che non mi piaccia il mio mestiere, anzi, è che ormai con la cultura non si mangia. E ti assicuro che è cosí, soprattutto per chi ci lavora, nella cultura.

– Beh, proprio digiuna non mi sembri, comunque sí, ho capito quello che intendi. Pensaci davvero, poi se vuoi ne parliamo.

– Ok, ci penso, – e ci penserò sul serio, mi dico mentre tolgo i piatti e porto la frutta, cioè i frutti di bosco e le ciliegie. Il lavoro potrebbe essere divertente, e collaborare professionalmente con Orsetta... beh, stupefacente.

Orsetta prende qualche ciliegia e comincia a sbocconcellare. La osservo, e noto con piacere che supera il test, quello che non riesco a non fare con qualsiasi donna mi capiti di mangiare ciliegie. Se una lo fa con voluttà, come se stesse per sedurre qualcuno, mi spiace, ma per me il rapporto è finito. Posso essere cortese, persino affabile, ma amiche no, mai. Orsetta le mangia come una bambina, la bocca si lascia quasi sfuggire uno *slurp*: promossa a pieni voti.

Le mangia come una bambina e si versa anche un altro bicchiere, ma non perde il filo del discorso. Pare quasi prendere fiato, ne approfitto e riesco finalmente a intrufolarmi in una sua pausa prima che riparta.

– Non ho mai amato la televisione, a parte da bambina la Tv dei ragazzi e Carosello, anzi, ora non ce l'ho nemmeno piú, la televisione. A un certo punto si è rotta ed è finita che non l'ho ricomprata. Però è strano, mi sembra di capire bene quello che vuoi dire. In un certo senso, mi è capitato qualcosa di simile. Sembra una delle mie solite digressioni, ma questa volta non credo che lo sia, credo c'entri davvero con quello che mi hai raccontato. Ti assicuro che il nesso c'è, anche se a prima vista non sembra. È una cosa che mi è successa abbastanza di recente.

Da qualche anno, ero diventata molto amica di Rebecca. Single anche lei, non abita lontano da casa mia, e fatto sta che un po' per una ragione e un po' per l'altra abbiamo cominciato a frequentarci spesso. Poi, d'un tratto, senza motivo apparente, lei ha iniziato a non rispondere piú al telefono, e di fatto è scomparsa dalla mia vita. Cosí, da un giorno all'altro. In quel periodo non stavo bene, anzi stavo piuttosto male, per ragioni fisiche e psicologiche. Ero debolissima, avevo perso peso e tono muscolare, persino tu avresti detto che ero troppo magra, non mangiavo piú. Oltre al malessere, ero spaventata: per la prima volta ho testato cosa significa non poter contare sulle proprie forze, dover chiedere aiuto per tutto, dipendevo dalle amiche per fare la spesa e dai vicini di casa per cambiare una lampadina. E per avere questi aiuti avevo dovuto anche vincere il pudore di chiedere, che forse è stata la cosa piú difficile. Non temevo di non uscirne, prima o poi. Quello che però mi terrorizzava era che mi sembrava di star facendo delle prove generali di come sarebbe stata la mia vita di qui a qualche anno, se avessi avuto la fortuna, o la sfortuna, a questo punto non lo so piú, d'invecchiare. Io adoro la vasca da bagno, molto piú della doccia. Ero capace di stare immersa per ore, con una candela accesa, un libro, e magari anche un bicchiere di vino rosso. In quel periodo un bagno caldo mi avrebbe anche fatto bene, eppure avevo paura di farlo, temevo di non riuscire piú ad alzarmi da sola. Mai come in quei momenti ho sentito piú acuto lo spaesamento della solitudine. Piú facevo l'esperienza della fragilità, piú diventavo fragile. E sempre meno indipendente. A differenza tua, non ho mai fatto caso a rughe, fianchi che si allargano con l'età e pelle meno tesa. No, di queste cose non m'importa, ma perdere l'indipendenza sí. Non è stato facile uscirne. Tu non puoi immaginare con che piacere sento oggi l'odore di una cucina e mi viene voglia di aprire le pentole e assaggiare gli intingoli, perché quella cucina sa di buono. Forse è per questo che sono un fallimento con le diete che cerchi di farmi fare. Insomma, in quel momento ho vissuto il silenzio di Rebecca come un abbandono in piena regola. All'inizio ho provato solo rabbia, poi pian piano sono arrivati il dolore e la tristezza. Poi anche quelli sono svaniti, con il tempo, ma ancora adesso non riesco a pensare a tutta questa storia senza provare un miscuglio di sentimenti, nessuno positivo.

– Ma cos'era successo? Ti sarai fatta un'idea...

– Giuro di averci pensato centinaia di volte. Ma senza mai venirne a capo. L'ultima volta che ci siamo viste, abbiamo mangiato una pizza, e la situazione mi pareva normale. Poi lo stop a ogni contatto. Qualcosa è successo, ma nessuna di quelle cose per cui di solito si rompe un'amicizia: non le ho rubato il fidanzato, non l'ho intralciata sul lavoro, non ho fatto pettegolezzi su di lei. Insomma, niente di plateale.

– Ok, va bene, però dopo, adesso magari, non hai avuto occasione di chiarire, o almeno di chiedere spiegazioni?

– No, non ho avuto voglia di farlo. All'inizio perché pensavo toccasse a lei: se c'è qualcosa che non quadra, ci sono mille vie per dirlo in modo meno drastico. Alle volte con un'amica basta un accenno, due chiacchiere tranquille davanti a un aperitivo, un pomeriggio di shopping terapeutico. Pensavo cosí. Poi non è stata neanche piú questa la ragione: semplicemente ho pensato che abbandonarmi cosí, in quel momento di debolezza, fosse stato un atto talmente meschino che non aveva giustificazione possibile. E poi forse, lo ammetto, perché ho avuto paura di essere messa di fronte ad aspetti di me stessa che non conoscevo, eppure risultavano molesti. Alla fine è piú facile perdonare le offese che si subiscono da altri che quelle che possiamo infliggere noi. Ma non è per questo che ti ho raccontato questo episodio. Il motivo è un altro, e ha a che fare con quello che tu dici riguardo alla televisione. Che ci sei cresciuta *dentro*. Il fatto è che una delle cose che ho pensato, e che mi ha proprio terrorizzata, è che il problema non fosse circoscritto a lei, Rebecca, ma riguardasse tutto il mio sistema affettivo. Ho temuto che tutto quello che mi sembrava solidamente costruito in realtà altro non fosse che un film, una sit-com che mi ero suonata e cantata, e che non teneva conto della realtà degli altri. Che il mio bisogno di legami fosse superiore a quello delle mie amiche, che a differenza mia potevano vivere anche senza il rapporto tra di noi. Perché hanno figli, fidanzati, insomma altre famiglie di cui io non faccio parte.

Reimparare la fiducia negli altri, questo ho dovuto fare. Alla fine, il salvagente mi è stato lanciato da una persona inaspettata, la piú glamour delle mie amiche, una di quelle che in altri tempi tu avresti studiato da capo a piedi. È una cara amica, cui voglio bene e che stimo. Ma è anche una delle persone piú indaffarate che conosco, tra lavoro, mondanità e amenità varie. Di lei avrei potuto dire di tutto, e bene, ma non che sapesse prendersi cura. Non è stata l'unica, a dire il vero: altre persone mi sono state vicine e mi hanno dato una mano. Ma da lei mi sono sentita veramente accudita. Mi ha accompagnata in stazione, anzi, letteralmente, sul vagone del treno, appena ho ripreso a mangiare un pochino mi ha invitata a casa sua o portata a mangiare ai miei orari e nei posti in cui potevo andare, sempre venendomi a prendere, telefonava per sapere come stavo senza annoiarmi con suggerimenti medici non richiesti. Insomma, mi ha fatto piacere, molto, e mi ha anche un po' sorpreso. E lí ho capito che la vita è cosí, non si può stare a prevedere tutto, e allora tanto valeva continuare a fidarsi. Poi, si vedrà, ma intanto non avevo voglia di vivere diffidando.

Questa storia, per intero, non l'avevo mai raccontata a nessuno. Certo qua e là mi capitava di dire ad amici comuni che con Rebecca non ci frequentavamo piú molto, e a qualcuno ogni tanto chiedevo notizie, come stava, cosa faceva, se stava lavorando e se era fidanzata. Non so se sperassi di riallacciare i rapporti, forse non lo volevo nemmeno, ma insomma, c'era anche della curiosità. E invece ora ho raccontato le cose dall'inizio alla fine e ho vuotato il sacco dei miei timori piú intimi. Mi stupisce come Orsetta, abbigliata della sua apparente frivolezza, in modo misterioso riesca sempre a cavarmi confidenze che non farei ad altre. E non posso neanche dire che sia una mia amica, almeno non ancora. Dev'essere davvero una brava psicoterapeuta.

Lei intanto è concentrata, si vede che sta rimuginando.

– Forse sí. Il problema è questo. Ognuna di noi si costruisce una realtà, e finisce per non accorgersi se quella che ha costruito è davvero la realtà o una fiction televisiva. Io perlomeno non l'avevo capito fino a quando non mi sono resa conto che dovevo scappare da quel casermone, dai discorsi sempre uguali dei miei, dall'idroscalo e dalla strada deserta che portava a casa mia. E anche allora, credevo di rimandare, non di essere sul punto di saltare dentro una nuova vita, o forse una nuova fiction, va' a sapere.

Ma non ha ancora finito. Riprende spedita.

– Ti dicevo, non avevo un piano B, quando ho capito che in televisione non ci sarei entrata, perlomeno non allora, e che non era cosí che mi sarei salvata da Pioltello.

È impressionante come nonostante le mie chiacchiere, il vino e l'ora tarda, Orsetta non perda mai il filo. Del resto comincio ad avere il sospetto che sia cosí anche nella sua vita, una capace di non lasciare pezzi in giro.

– Beh, non mi pare grave, – dichiaro. – In fondo pure io non ho mai avuto piani B, anche se poi per tutta la vita non ho fatto altro che cambiare piani, non solo il B ma pure il C e il D. Ho seguito le opportunità, o forse ho seguito solo la vita cosí come si disegnava giorno per giorno.

– Non sarebbe stato un problema se tutto non mi fosse sembrato un ripiego. Avevo un diploma di istituto tecnico che valeva poco, dell'università non se ne parlava. Quando mi sono iscritta alla scuola di dietologia, ho pensato che con tutte le diete delle attrici che avevo letto e mandato a memoria – sai, pensavo ancora che un giorno le avrei incontrate e dovevo sapere cosa mangiavano –, ecco, mi è sembrato che forse potevo farcela. Cosí mi sono iscritta, trasferendomi a Milano, prima ho lavorato come ragazza alla pari presso una famiglia con due bambini piccoli, poi ho accettato mille lavori pur di poter vivere per conto mio. Cioè, ho preso una stanza in un appartamento con altre due ragazze, ma almeno pagavo l'affitto e non dovevo rendere conto a nessuno. Insomma, ho fatto di tutto per andarci, in quella scuola, ma quando mi sono iscritta l'ho vissuta come una sconfitta. Non era il mio piano B, era la mia condanna. Poi pian piano le cose sono cambiate. Non ricordo bene come e quando, sta di fatto che a un certo punto lo studio ha cominciato a interessarmi davvero. Testavo personalmente tutte le cose che c'insegnavano, diete, esercizi, rilassamento, concentrazione, e mi piacevano i risultati che ottenevo.

Noto che il tono di voce si è fatto piú pimpante, le parole se possibile accelerano, come si rendessero conto che ormai il salto è fatto.

– Poi, al corso di psicologia, ho fatto un po' di amicizia con un'unica compagna. Era bruttina, e al tempo mi seccava farmi vedere in giro con lei. Cosí ce ne stavamo in casa a chiacchierare e studiare. Facevamo esercizi dilettanteschi di analisi, dall'interpretazione dei sogni alle fobie. Eravamo capaci di andare avanti per ore, proponendo e ritrattando interpretazioni. Alla fine ho imparato a conoscermi. Non sono sicura invece di aver conosciuto Lorella. Chissà che fine ha fatto... Spero abbia fatto carriera, se lo sarebbe meritato: non aveva grandi doti fisiche, ma intelligenza e determinazione ne aveva da vendere. Per quanto mi riguarda, è stato allora che ho capito un paio di cose importanti, che non ho piú dimenticato. La prima è che potevo anche continuare a struggermi d'amore per uomini sbagliati, del resto questo non ho mai smesso di farlo, ma che in fatto di soldi, e tutto quanto si portano dietro, avrei sempre dovuto contare su me stessa. Questo mi ha fatto prendere le cose sul serio. La seconda è che se volevo cambiare davvero la mia vita, ebbene, questo riguardava tutto. Intendo proprio tutto. Dovevo cambiare io, aspetto, preparazione, modo di parlare, letture, amici. E dovevo cambiare l'habitat in cui mi muovevo. Non avevo soldi, ma ho cominciato a far caso a tutto, dal colore dei tovaglioli di carta allo zerbino. Io e il mio ambiente dovevamo avere lo stesso stile, e lo stile doveva essere bello da vivere e da guardare. Perché ero io, alla fine, che entravo in casa tutti i giorni, e se sullo zerbino continuava a comparire la scritta «Casa dolce casa» non sarebbe stata una bella accoglienza.

– Insomma, hai dato una bella spruzzata di eleganza, e alla fine a essere diventata elegante sei tu. Mi piacerebbe vedere casa tua.

– Ti invito di certo, vedrai che ti stupisco anche con la cucina, un po' so arrangiarmi. Non credere che io mi nutra a gambi di sedano. Solo faccio molta attenzione a non mangiare mai piú di quanto consumo.

Il discorsone è finito e ormai le chiacchiere si sfilacciano, al ritmo lento dell'ultimo bicchiere che stiamo sorseggiando e dei cioccolatini (non rossi, non importa) che sbocconcelliamo.

Io sono meditabonda, sto continuando a stupirmi di come Orsetta abbia parlato con naturalezza. E della precisione con cui ha descritto se stessa. Anche Orsetta è meditabonda, chissà, magari per le stesse ragioni.

– Ti piacciono queste ballerine? – chiede a un tratto. Orsetta che chiede un parere sul suo look?

– Sí, molto, le ho notate prima. Sono belle e sembrano fatte per te.

– Questa è l'ultima conquista in fatto di allestimenti. Della vita intendo. Trovare delle cose belle e nello stesso tempo comode. Maglioni che tengono caldo, scarpe senza tacchi, impermeabili che proteggono davvero dalla pioggia... Prima mi preoccupavo di tutto, abbinamenti, tagli, come mi stava, cosa enfatizzava un vestito e cosa invece nascondeva. Di tutto ma non dell'utilità. Vestivo la moda come una divisa da battaglia. Ora ho deciso di cambiare anche questo aspetto. Voglio che gli altri vedano, non solo sappiano, che sto bene, che sono comoda.

– E anche che sei affettuosa, anche se fai di tutto per depistare.

– Forse. Comincio a pensare che affettuoso non sia sinonimo di vulnerabile. Il mondo faccia pure quello che gli pare, io la strada me la sono scelta da un pezzo, e non ho alcuna intenzione di cambiarla.

– Toglimi ancora una curiosità. Da dove viene il nome Orsetta? Non mi pare c'entri molto con la tua famiglia, almeno da quanto mi hai detto.

– Infatti, è il risultato di un errore. I miei volevano chiamarmi Orietta, credo per Orietta Berti, va' a sapere perché. Ma quando è andato all'anagrafe, mio padre si è sbagliato. Lui dice per l'emozione, io dico per distrazione. In ogni caso, a quel punto è rimasto.

Dopodiché sbadiglia, è arrivata l'ora di andare.

– Ciao allora, e grazie, la prossima volta da me, ok? Intanto ci vediamo giovedí.

– Giovedí?

– Abbiamo l'appuntamento, l'avevi dimenticato?

Sí.

Arrivata a casa, Orsetta viene accolta dal sottile aroma di zenzero del diffusore appena comprato. È buono. E dall'aspirapolvere di fronte alla porta d'ingresso, dritto e impettito come un soldato in divisa. Questo è meno buono. L'aveva lasciato al mattino per ricordarsi di passarlo, la casa è piena di polvere. Ora non ce la fa.

«I pavimenti aspetteranno fino a domani, pazienza», borbotta, e intanto accende le luci.

Il piccolo appartamento è quasi interamente arredato con mobili in legno chiaro, salvo una piccola credenza comprata a un mercatino dell'antiquariato. Le era piaciuta per la semplicità, perché è capiente e priva di fronzoli. Qua e là, delle macchie di colore danno brio all'ambiente: un kilim con disegni viola, verdi e rossi, la fodera del divano a fiori arancio, fucsia e verde chiaro, comprata in un momento di follie da Lisa Corti, le piastrelle marocchine sulla parete della cucina a vista.

In camera da letto, fa partire la musica: la voce calda di Eddie Vedder riempie la casa come un'onda e si allarga verso la notte e poi, dolcemente, piú in là, verso il futuro. Anche qui, stesso stile, lenzuola bianche, pareti bianche, letto giapponese in legno chiaro e colori: dei tanti cuscini sparsi sul letto, delle quattro ante dell'armadio che ha dipinto ognuna di una tinta diversa. È soddisfatta di questa scelta: la casa da un po' è molto piú allegra, ma resta un luogo riposante.

Lascia perdere i pavimenti, ma non il rituale del bagno, che per lei è come un impegno di lavoro. Prima il viso, da detergere e poi nutrire con una crema all'olio di argan. Poi il corpo. Con il telefono della doccia fa una serie di passaggi di acqua calda e fredda sulle braccia e sulle gambe, in modo da riattivare per bene la circolazione, poi si friziona e a questo punto spalma la crema rassodante. Da ultimo, una spruzzata di olio secco per ammorbidire e idratare la pelle. Ora passa ai capelli. Rovescia la testa in avanti e comincia a spazzolare, lentamente, dall'alto verso il basso, massaggiandosi con calma il cuoio cappelluto, anche questo per la microcircolazione, poi s'inumidisce le dita con olio di lino e le passa tra le ciocche. Un po' di crema sulle mani e può infilarsi la camicia da notte di cotone grigio perla, con bordi turchesi sulle maniche e sulla scollatura. È pronta per mettersi a letto.

Tra uno sbadiglio e l'altro, ripensa alla serata. Deve ammettere di essere stata bene, Maria è meglio di quanto pensasse, e anche la cena era buona, meno pesante di quanto avesse temuto. Il suo corpo rilassato le conferma che sí, è stata bene, e lei al corpo è abituata a dar retta. Però c'è qualcosa che non le quadra. Non è un fastidio, è la mancanza di un passaggio che la fa rimuginare. Come quando per sbaglio si saltano alcune pagine di un libro, e solo dopo un po' ci si accorge che qualcosa è sfuggito. E tocca tornare indietro, recuperare le pagine mancanti. Ecco, Orsetta non si spiega perché ha sentito cosí forte il bisogno di raccontare la sua storia, in sintesi ma tutta per intero, senza tralasciare i dettagli. No, non è stata una sorta di autogiustificazione, qualcosa fatto per dire *non credere, sai, ma io ho avuto una vita difficile e guarda un po' cosa sono diventata*. Non è stato il bisogno di rassicurare l'autostima a farla parlare. Sí, pensa, questa sera Maria era piú simpatica del previsto, e ho avuto conferma che sa cucinare. Non è che però scriva proprio come Proust, e un po' tonta lo è davvero, visto come si comporta quando viene in studio. No, non è stato quello. È piuttosto un sentimento piú vago, o meglio, di cui ha una consapevolezza ancora vaga. È che dopo tutto quel parlare di vite non vissute, di scelte fatte o subite, di sogni costruiti e di sogni impossibili, le è venuta un po' voglia di tornare a Pioltello. Per andare a prendere a scuola quella ragazzina stupida e goffa, insegnarle una buona volta come vestirsi, toglierle quel trucco pesante e portarla a spasso, cosí, senza meta, giusto per farle vedere qualcosa di diverso dal tinello di casa sua e dai casermoni grigi. E magari anche fare un salto da quella studentessa saccente che abita con due inquiline senza mai degnarle di uno sguardo, figuriamoci una parola. Dirle che sí, studiare è bene, ma anche imparare a guardare gli altri, guardarli davvero, senza solo giudicare come si vestono e quanti chili dovrebbero perdere, ecco, anche questo è importante. Ed è un buon punto di partenza. Sí, bisogna che metta in agenda queste due visite. Poi si addormenta.

La ragazza con i capelli verdi

Ancora una volta in questa sala d'aspetto. Mi guardo intorno, tutto è come al solito: i mobili immacolati, le piante, le fotografie in bianco e nero. Tutto come sempre ma il mio sguardo è diverso.

Qualcosa non mi quadra. Qualcosa che prima non c'era. No, non si tratta di un particolare e tantomeno di un arredo cambiato. Quello che prima non c'era era Orsetta in carne e ossa (a essere precisi: in muscoli e ossa, e non è neppure anoressica...)

Ecco, questa sala d'aspetto non è la sua. O meglio: non è piú la sua.

Il gracchiante *emmepi* non tarda a arrivare.

– Ciao Orsetta.

– Buongiorno Maria, si sieda, la prego.

Trasecolo: non dirmi che è tornato il solito avatar...

– No, Orsetta, lascia perdere, so che non ti piace mischiare vita professionale e vita privata, ma io ho chiuso con la dieta. Mi tengo i miei chili di troppo, o i miei disturbi alimentari, come li chiami tu, e va bene cosí. Questa è l'ultima seduta, e l'ho già pure pagata, quindi, se voglio perdere tempo, come non manchi mai di dirmi, lo faccio nel pieno possesso delle mie facoltà mentali. Voglio perdere tempo e non voglio perdere chili, e a questo punto non vorrei neppure perdere te, ma come amica, non come terapista. A proposito, ti ricordo che mi devi un invito a casa tua.

– Certo, non l'ho dimenticato. E tu ricordati della scuola di cucina. Ma se non sei qui per la dieta, perché sei venuta?

– L'altra sera hai parlato tu, mi hai raccontato la tua storia e mi è pure piaciuta. Ma ora avrei voglia di tirare qualche filo anch'io, non della mia storia, per questo rimandiamo alla prossima puntata, ma di questo strano viaggio che ho fatto in quelle che pensavo fossero le mie vite non vissute. È stato diverso da quello che immaginavo.

– In che senso diverso?

– Voglio dire, cercavo una cosa, ho trovato tutt'altro. Ti ho già detto, o forse l'ho solo detto a me stessa, a questo punto non ricordo, che quello che mi ha fatto venire voglia di fare questo andirivieni nel passato, di provare a dare una faccia, e una voce, alle cose che non ho fatto, a quello che non sono diventata, non è stato il rimpianto. Nel bene o nel male, non ho conti in sospeso con la mia storia. Vuoi per coraggio, vuoi per incoscienza, quello che volevo fare l'ho fatto. Ho commesso un sacco di errori, certo, ma non quello a mio parere piú grave: lasciarsi condizionare, dagli altri, dalla paura di sbagliare, dal moralismo, e non aprire o chiudere delle porte. No, non ho rimorsi, questo no. Ma curiosità sí, tantissima. Per questo sono andata a cercarmi dove credevo di essermi nascosta, manco la vita fosse come un surgelato, che all'occorrenza puoi ficcare in forno ed eccolo lí, pronto. Cioè, tu lo sai, sono prevenuta sui cibi surgelati, comunque dicevo cosí, per fare un esempio. E anche tu… Insomma, se tu domani andassi a Pioltello, all'uscita della scuola, sono sicura che t'incontreresti.

– Sai che ci avevo pensato? L'altra sera, tornata da casa tua, prima di addormentarmi. Bisogna proprio che mi decida ad andarci, e pure in fondo a viale Monza, in quello squallido appartamento in condivisione. Anzi, devo proprio metterlo in agenda.

Scarabocchia qualcosa su un foglietto che presumo sia un promemoria. L'agenda la tiene nel telefono, e il telefono durante le visite è spento.

– Ecco, dicevo. Se tu andrai a Pioltello incontrerai sicuramente una ragazza che è te, al massimo sognerà di essere una velina e non Ambra Angiolini e porterà anfibi e minigonne, ma per il resto nessuna differenza. Però scoprirai in fretta che quella ragazza non è te. E sarebbe lo stesso se la incontrassi adesso, cresciuta chissà dove. Magari è rimasta al paese, fa la sciampista ed è ancora lí imprigionata dai sogni, che si sono infranti uno a uno ma non sono svaniti. È ingrassata, continua a sperare in qualche forma di risarcimento, la vita, insomma, glielo deve, invece torna a casa e si trova un marito con lavoro precario e ciabatte che guarda la televisione senza nemmeno salutare. Oppure ha avuto un colpo di fortuna, o la furbizia di farsi l'amico giusto, è bastato essere carina con lui e per un po' ha effettivamente fatto la velina. Non proprio un ruolo di primo piano, ma insomma, non andava male. Poi, quando la giovinezza se n'è andata, o forse è l'uomo a essersene andato, tutto è finito. Ora, con il corpo un po' sciupato, fa le televendite, e nel pomeriggio, a casa, tra un campario e l'altro buttato giú in onore del tempo che fu, legge i tarocchi e predice un futuro radioso o lugubre a seconda dell'umore. Oppure, difficile ma non escludiamolo, è diventata davvero famosa, come Iva Zanicchi. Oppure, magari, chissà, è diventata poliziotta. Ma comunque le sia andata, ecco, una cosa è sicura, lei non è te.

– Ma allora, vuoi dire, tutto questo tuo viaggio, questo spiattellare in cucina, e pure i chili di troppo sono stati inutili?

– No, affatto, inutili no. Al massimo diversamente utili. Del resto bisogna prenderne atto, viviamo in un mondo in cui i cani si chiamano Franco e Paola, e i bambini Lupo e Orso…

– E questo, scusa, mi spieghi cosa c'entra?

– C'entra, c'entra. Metti che io un figlio l'avessi fatto davvero, poi mi ritrovavo un marito che lo voleva chiamare Lupo, e cosa facevo? Ero fritta. Un figlio mio non si può proprio chiamare Lupo.

– Ma questo non è successo. A te, ovvio, che il figlio non l'hai avuto, ma neppure alle donne che hai incontrato. Mi pareva che i loro figli avessero nomi normali.

– Sí, in effetti è cosí, ma non cambia niente. Quei figli non sono i miei figli, sono i loro. Parlano la loro lingua, abitano le loro case e i loro gusti, magari gli piace pure scongelare i piatti pronti... No, quello che ho capito è che non si possono riannodare fili con quello che non siamo state, che non abbiamo fatto. È un paesaggio senza geografia quello delle storie che non abbiamo vissuto. Possiamo esplorarlo, restarne affascinate o infastidite, ma non capiremo mai dov'è il centro. Le amiche che ho incontrato sono tutte portatrici sane di vite che non sono la mia. Le loro vite non si possono prendere in prestito, neppure per il tempo di una serata. Ognuna ha la sua, come fosse un documento d'identità: si può falsificare, ma non sarà mai come l'originale. E questo, devo dire, è il loro bello.

– Siamo in vena di bilanci?

– Le cose sono andate in modo diverso da come mi aspettavo. Come con la ragazza della metropolitana l'altro giorno.

– E questa cosa sarebbe, un'altra digressione?

– No, tranquilla, è un esempio. Ecco, io ero sul vagone e davanti a me si è seduta una donna. Stavo leggendo, dunque non ho alzato lo sguardo. Le uniche cose che vedevo erano una borsetta di vernice di foggia antiquata, un paio di collant neri, spessi, saranno stati cinquanta denari. E dei piedi infilati in un paio di scarpe pure loro nere, tacco medio, con laccetto e punta arrotondata, quel tipo di scarpe che si poteva comprare nei mercatini di provincia negli anni Sessanta. O almeno immagino. Tutto su un paio di polpacci innegabilmente giovani. Ecco, sbirciavo quelle gambe e mi ero già costruita un romanzo sulla proprietaria. Una ragazza dimessa, che abitava in un piccolo appartamento di periferia con la zia un po' svitata, di quelle che stanno in vestaglia tutto il giorno ricordando i bei tempi andati, quando con le amiche andavano a ballare la domenica pomeriggio e si mettevano eleganti, mentre ora una pensione sociale le confina sul divano sfondato del tinello. Ecco, piú o meno una trama alla Dickens. Solo quando stavo per scendere ho alzato gli occhi, e ho visto che la ragazza portava una giacchetta di velluto scura e soprattutto aveva i capelli verdi, acconciati in un modo che le donava molto. La trama è cambiata di colpo: gli abiti fuori moda sono diventati un sofisticato mix di vintage, la povera orfanella si è trasformata in una giovane donna di successo, che probabilmente lavorava nella moda, una che gli stili li fa, non li segue. Ci ho messo un attimo a cambiare storia e finale: il tempo di alzare gli occhi, abbottonarmi il cappotto e scendere. Al confronto, il brutto anatroccolo era un dilettante. Capisci quello che voglio dire? Le cose non sono mai come le immaginiamo.

Io cercavo pezzi della mia storia, ho incontrato altre storie. E mi sono piaciute. Non ho mai creduto nell'esistenza dell'anima, né del resto all'esistenza di un vero io, piú vero dell'altro, o degli altri, che ci portiamo dietro. Come quando un'amica ti dice: *non sei tu*. Ma cosa sono secondo te? Sono io, anche questa che vedi. Se poi questo aspetto non lo conosci, o non ti piace, è un'altra faccenda. Puoi anche avere ragione. Questo sí che puoi dirlo, ma non dire per favore che non sono io. E poi come sarebbero fatti, l'anima e il vero io? Dei fantasmini che ci portiamo dentro, nella pancia o sul cuore? No, io a queste cose non credo. Ma in una cosa credo: ognuno di noi, nel bene o nel male, è la sua storia. Anzi, le sue storie, comprese quelle non vissute e solo immaginate e sognate. Questo siamo. E ora credo di aver imparato che forse siamo un po' anche le storie delle persone che abbiamo incontrato, quelle storie cui abbiamo imparato a voler bene come fossero la nostra, ma che nostre non sono.

L'ora è finita, e anche la terapia, e non solo quelle. Fuori c'è il presente, un mondo da esplorare, e magari ancora un paio di vite da vivere.

Ringraziamenti.

Questo libro è stato scritto in condizioni molto piú difficili di quanto immaginavo quando ho iniziato. Grazie all'aiuto e all'affetto di molti sono riuscita non solo a finirlo, ma anche a fare parecchie altre cose.

Barbara Beninato, in uno dei momenti piú delicati, mi ha letteralmente preso sotto il suo tetto, e nutrito di cibo, calore e borbottii.

Dalia Oggero si è accorta prima di me che stavo remando controcorrente e invece avrei dovuto fare un passo indietro e smetterla d'imporre la mia direzione alla storia. Di piú: ha sparso le sue competenze professionali tra flebo e letti d'ospedale, perché io potessi chiudere il libro.

Olivia Gozzano non solo mi ha regalato la sua storia ma mi ha efficacemente portato in salvo nel momento in cui non potevo piú stare da sola.

Margherita Marzolla, seppure recalcitrante, si è prestata a raccontarmi la sua esperienza di dispatrio.

Candida Morvillo non solo ha dimostrato una concretezza di gesti fuori dal comune, ma è riuscita piú di altri a entrare in empatia con il mio disagio.

Caterina Bonvicini mi ha preso sotto le sue ali per farmi passare cinque piacevolissimi giorni in montagna.

Carmen Novella ha fatto da autista e da amica a me, e da badante alla mia casa.

Gabriella Giannachi ha letto il libro nel suo farsi e con lei ho discusso a distanza via Skype molti passaggi e condiviso molti ricordi.

Alessandro Re e Yael Anati sono stati gli amici che uno spera di avere.

Mia sorella Francesca mi ha messo a disposizione tutta la sua competenza medica e umana. Pur senza competenza medica, anche i miei fratelli Andrea e Paolo sono stati piú che affettuosi.

I miei genitori Tullia e Augusto hanno affrontato quasi sorridendo l'arduo compito di riprendersi in casa una figlia rompiscatole e non propriamente in forma.

Stefano Bartezzaghi, Raffaella Calandra, Simonetta Fiore, Roberto Gilodi, Didi Gnocchi, Gabriele Guercio, Graziella Levoni, Donata Righetti, Davide Tinelli, Marco Trabucco, i miei dirimpettai Giuliana e Massimiliano, ognuno a suo modo è stato capace di venirmi incontro e di darmi una mano.

La bella copertina è merito della scelta di Monica Aldi e della messa in pagina di Fabrizio Farina.

Pertanto non mi resta che dire: grazie vita.

Indice

Stampato per conto della Casa editrice Einaudi
presso ELCOGRAF S.p.A. - Stabilimento di Cles (Tn)
nel mese di giugno 2014

C.L. 21619

Ristampa	Anno
0 1 2 3 4 5 6	2014 2015 2016 2017